www.ingramcontent.com/pod-product-compliance
Lightning Source LLC
LaVergne TN
LVHW010830051026
849532LV00007B/2659
* 9 7 8 9 3 5 8 7 2 0 5 5 6 *

# اے گردشِ دوراں

(افسانے)

فریدہ زین

**Ae Gardish-e-Dauran** *(Short Stories)*

by: Farida Zain

Edition: September '2025
Publisher :
*Taemeer Publications LLC* (Michigan, USA / Hyderabad, India)

ISBN 978-93-5872-055-6

9 789358 720556



| | | |
|---|---|---|
| کتاب | : | **اے گردشِ دوراں** (افسانے) |
| مصنفہ | : | **فریدہ زین** |
| صنف | : | فکشن |
| ناشر | : | تعمیر پبلی کیشنز (حیدرآباد، انڈیا) |
| سالِ اشاعت | : | ۲۰۲۵ء |
| صفحات | : | ۱۰۶ |
| سرورق ڈیزائن | : | تعمیر ویب ڈیزائن |

# فہرست


| | | |
|---|---|---|
| | میں اور میرا قلم | 6 |
| (۱) | اے گردشِ دوراں | 9 |
| (۲) | کوہکن | 20 |
| (۳) | کنارے بے وفا نکلے | 30 |
| (۴) | یہ بتا چارہ گر | 45 |
| (۵) | تلاش میں ہے سحر | 61 |
| (۶) | خون پھر خون ہے | 67 |
| (۷) | پتھر کا درد | 75 |
| (۸) | قاتل مسیحا | 87 |
| (۹) | وقتِ سفر یاد آیا | 96 |

# میں اور میرا قلم

مَیں ـــــ میں تو ایک پیکرِ خاکی ہوں مگر لفظوں کا پیرہن دے کر مجھے فریدہ زین کے رُوپ میں آپ کے رُوبرو لانے والا میرا قلم ہی تو ہے اس لئے تعارف میرا نہیں میرے قلم کا ہونا چاہیئے ۔

قلم کی اہمیت اس وقت سے شروع ہو جاتی ہے جب کاتبِ تقدیر نے اسے بنایا اور اولادِ آدم کی تقدیر لکھی ۔

اس قلم نے بھی کیا کیا کرشمے دکھائے ـــــ کبھی لفظوں کے گل بوٹے سجائے تو کبھی کانٹوں کی چبھن کا احساس دلایا ۔ کبھی دلوں کو گرمایا تو کبھی رُوح کو تڑپایا ۔ کبھی لبوں پر تبسم دیا تو کبھی چشم کو نم کیا ۔

شاعروں اور ادیبوں کے پاس ان کی انگلیاں خامہ بن گئیں اور نوکِ مژگان قلم ۔ فیض نے یہاں تک کہہ دیا ؎

متاعِ لوح و قلم چھن گئی تو کیا غم ہے
کہ خونِ دل میں ڈبوئی ہیں انگلیاں میں نے

مرزا غالب نے اپنے ایک خط میں لکھا تھا ۔" اسلاف میرے تیر چلاتے

تھے ۔اب ان کا تیر ٹوٹ کر میرا قلم بن گیا ہے۔"

مگر ــــــ میرے حصے میں کسی کا کوئی ٹوٹا ہوا تیر نہ آیا ۔ میں نے خود ہی قلم اٹھالیا ۔ یہ اس وقت کی بات ہے جب میں صرف آٹھویں جماعت کی طالبہ تھی میرے قلم سے ہلکی پھلکی کہانیاں جنم لینے لگیں۔

پھر عمر اور ذہن کے ساتھ ساتھ میری نظر گہری ، میرا دل حساس اور میری انگلیاں متحرک ہوگئیں ــــــ والد کی اچانک موت نے شعورِ غم سکھا دیا میرا قلم سوگ میں ڈوب گیا ۔ میری انگلیاں ساکت ہوگئیں ۔ کاغذ کے صفحات پر ملگجی شاموں کی اداسی برفیلی راتوں کی خاموشی اور ویران صحراؤں کا سناٹا پھیل گیا ۔

سکوت کے ان لمحوں میں زین صاحب کی مسیحائی نے میرے قلم کو پھر ایک بار متحرک کر دیا اور میں اپنے رِستے ہوئے زخموں کو لفظوں کے سانچے میں ڈھالنے لگی

۱۹۷۰ء سے میرے قلم کو شناسائی مل گئی ۔ پہلا افسانوی مجموعہ "سسکتی چاندنی" بن کر آیا اور دوسرا "دِل سے دار تک" ۔ اب میں اپنے ساتھ لائی ہوں "اے گردشِ دوراں" ۔

سکے کے دو رُخ کی طرح زندگی کے بھی دو پہلو ہیں ۔خوشی اور غم ۔۔ احساس کے بغیر زندگی ادھوری ہے میں نے سسکتے لمحے زیادہ دیکھے ۔شاید اسی لئے میرے سارے احساسات میرے قلم نے سمیٹ لئے ۔ زندگی کے چھوٹے چھوٹے واقعات ،اخباروں کی سرخیاں ، ارد گرد گھومتا کوئی کردار میرے تخلیق کا محرک رہا لاکھ کوشش کے باوجود میں اپنے قارئین کو مسکراہٹ کے پھول نہ پیش کرسکی اس کی وجہ میرا وہ احساس غم ہے جو ذہن کے گوشے میں چھپا بیٹھا ہے ۔

غم ــــــ میرا اپنا نہیں زمانے بھر کا غم ہے ــــــ ۔۔۔۔۔۔

بہر حال اس جہاں رنگ و بو میں سوز و ساز ، درد و داغ ،جستجو و آرزو کے

چہرے دیکھے اور میرا قلم ان کے نقوش بنانے لگا۔

آپ سے رخصت ہوتے ہوئے میں اس قلم سے ان تمام حضرات کا شکریہ ادا کرتی چلوں جنھوں نے "اے گردشِ دوراں" کی تکمیل کے لئے خلوصِ دل سے کام لیا۔ اس خصوص میں جناب محمد عارف الدین صاحب خوشنویس کی میں بے حد ممنون ہوں جنھوں نے نہ صرف کتابت کی ذمہ داری سنبھالی بلکہ مخلصانہ مشوروں اور مساعی سے اس کتاب کی اشاعت کے لئے سرگرم عمل رہے۔ میں مشکور ہوں آرٹسٹ جناب قیصر سرمست صاحب کی جنھوں نے "اے گردشِ دوراں" کو رنگوں کی سچائی میں ڈبو دیا۔ جناب مرزا اسمٰعیل بیگ صاحب کا بھی میں تہہ دل سے شکریہ ادا کرتی ہوں جنھوں نے طباعت کی ذمہ داری قبول کی۔

آخر میں میں اپنے بھائی محبوب حسین سعید اور اپنے بھانجے سلیم الحق صدیقی کی کوششوں اور کاوشوں کی احسان مند ہوں جنھوں نے اس مجموعے کے آغاز سے اختتام تک کی تمام ذمہ داری سنبھالی۔

میرے اوراق ادھورے رہ جائیں گے، اگر میں زین صاحب کا نام نہ لوں جن کی کرم فرمائیوں نے ہمیشہ میرا حوصلہ بڑھایا۔

فریدہ زین

# اے گردشِ دوراں ......

"گلابی ٹیبل صاف کردے"

"گلابی پانی لے آ"!

"گلابی لانڈری سے کپڑے لادے"

"گلابی جوتا پالش کردے"

یہ سارے جملے سنتے سنتے اس کے کان پک گئے تھے۔ غربت اور مفلسی کی دھرتی پر اُگا ہوا یہ گلاب نواب صاحب کے شاندار بنگلے میں بحیثیت ملازمہ متعارف ہوا۔ صبح کے چھ بجے سے رات کے دس بجے تک اس کے کانوں میں صرف یہی آوازیں گونجتیں۔ سات برس کی عمر ہی کیا ہوتی ہے مگر اس عمر میں اسے ڈھیروں کام کرنے پڑتے وہ جنگل کی ہرنی کی طرح چوکڑیاں بھرتی سارا کام اچھل کود کر کرلیتی۔ گھر کے سارے افراد اس سے خوش تھے، پل بھر کو وہ دکھائی نہ دیتی تو جیسے سناٹا چھا جاتا۔

سارے دن کے کام کاج کے بعد جب وہ رات کو گھر لوٹتی تو اس کا انگ انگ ٹوٹتا محسوس ہوتا۔

"اماں میرے جسم میں بہت درد ہورہا ہے۔"

"یہاں تو زندگی میں ہی درد بھرا پڑا ہے۔" اس کی ماں ماضی کے اوراق

اسے لٹنے لگتی۔ کس طرح حامد نے اسے چھوڑ دیا۔ گلابی کی پیدائش کے دوسرے سال ہی وہ یوں غائب ہوا کہ پھر آج تک کسی نے اسے نہیں دیکھا۔ اس کی ماں گلابی کو اپنے نصیب کا دشمن سمجھنے لگی تھی۔ اس کی معصومیت ماں کی تیز نظروں سے جھلسنے لگی۔ وہ ان تمام باتوں سے بے خبر تھی بس اتنا جانتی تھی کہ اس کا باپ بہت دور چلا گیا ہے اور اس کی ماں کوئی کام ڈھنگ سے نہیں کر پاتی۔ نواب صاحب کے بنگلے کے ایک کونے میں اسے بٹھا کر وہ سارا کام تھکے ہارے ہاتھوں اور ڈوبتی سانسوں سے کرتی رہتی۔ کام کے دوران اسے شدت کی کھانسی ہوتی تو اس کی آنکھیں سرخ ہو کر باہر نکل جاتیں اور کوئی دوسرا ملازم اسے پانی دے کر کسی دیوار کے سہارے بٹھا دیتا۔ اس کی یہ حالت زیادہ دن تک چھپی نہ رہی۔ بڑے سرکار نے اسے گھر بٹھا دیا۔ انھیں خوف تھا کہ کہیں کوئی ایسی ویسی بیماری ان کے گھر کا راستہ نہ دیکھ لے۔

چار چھ دن کے فاقوں نے جب حالت ابتر کر دی تو اس کی ماں نے سات سالہ گلابی کو بیگم صاحبہ کے سامنے کھڑا کر دیا۔

"بیگم صاحبہ گلابی آج سے آپ کی خدمت گار رہے گی۔ اسے میری جگہ رکھ لیں۔ یہ سب کام کر لے گی۔ کم سے کم اسے تو دو وقت کی روٹی مل جائیگی، میں کچھ علاج کرا لوں تو واپس کام پر چلی آؤں گی۔" وہ اپنی بے ترتیب سانسوں کو درست کرتی ہوئی کہہ رہی تھی۔ بیگم صاحبہ نے سوچا واقعی ان کے بچوں کے لئے ایک ایسی ہی ملازمہ چاہیئے۔ جو ان کا ہر کام کر سکے۔ گلابی ماں کا پلو تھامے اپنی گردن کو انکار کے انداز میں ہلا رہی تھی۔ وہ تو اسکول جانے کے سپنے دیکھ رہی تھی یونیفارم پہنے کتابوں کا بیگ سنبھالے۔ دیئے صبح فجر کی نماز کے بعد اپنے محلے کی

مسجد میں عربی پڑھنے تو وہ جاتی تھی، دبے دبے لفظوں میں جب اس نے "نا" کہنے کی کوشش کی تو ماں نے اس کے بازو میں چٹکی بھر دی، وہ تلملا کر چپ ہو گئی۔ اور پھر گلابی کی رنگت سنولانے لگی۔

بڑے بابو کے جوتوں کو پالش کرنا، ننھی بے بی کے کپڑوں کو استری کروانا۔ جمی بابا کے کھلونے دن میں دس بار سلیقے سے جمانا۔ ان لوگوں کے بیدار ہونے سے لے کر آرام کرنے تک کے سارے کام اس کے ذمے ہوتے اور وہ پوری دلجوئی سے یہ کام کرتی۔ ہاں اتنا ضرور ہوتا کہ کبھی کبھی وہ ننھی بے بی کے عمدہ فراکوں کو للچائی نظروں سے دیکھ لیتی۔ جمی بابا کے کھلونوں سے کھیل لیتی اور کبھی ان کی بچائی ہوئی کھانے پینے کی چیزیں سمیٹ کر اماں کے لئے لے آتی، وہ اپنی اس زندگی سے مطمئن تھی۔ مگر ایک کھٹک اسے ضرور ہوتی کہ وہ اور ننھی بے بی ایک ہی عمر کی ہیں تو پھر وہ مخمل پر کیوں چلتی ہیں اور اسے پتھریلی زمین پر کیوں دوڑنا پڑتا ہے۔ وہ اُبلے ہوئے انڈے ٹوسٹ، مکھن اور بالائی کھاتی ہیں، اس کے حصہ میں باسی کھانا کیوں ہے ——— ؟۔ معصوم ذہن ان سوالوں کا جواب نہ دے سکا۔

اس کا بچپن زندگی کے تلخ راستوں اور حالات کے سنگین چٹانوں سے ٹکرا کر بکھرنے لگا تھا۔ ناشتے کے ٹیبل پر ٹوسٹ، مکھن، اور میووں کو دیکھ کر اس کا بھی جی چاہتا۔ کاش وہ بھی ننھی بے بی، جمی بابا کی طرح ہوتی اس کی ماں بھی اسے ہر روز ایسے ہی سجے سجائے انداز میں ناشتہ کرواتی مگر ——— مگر اس کی توجہ ماں کی کھانسی کی طرف چلی جاتی۔ ڈاکٹر نے خود اس کے لئے اچھی غذا اور میوے کھلانے کی تاکید کی ہے جب کہ وہ اپنے حصے کے کھانے ہی سے ماں کا آدھا پیٹ بھر سکتی تھی۔ دوائیں اور میوے تو پہونچ سے دور تھے۔ سرکاری اسپتال میں گھنٹوں قطار میں کھڑے رہنے کے بعد جو دوا ملتی اس میں زیادہ ذائقہ پانی ہی

کا ہوتا۔ انجکشن تو دواخانے کے اسٹاک ہی میں نہ تھا۔ جب تک بازار سے خرید کر نہ لایا جائے وہ لے ہی نہیں سکتی تھی۔ بڑی دیر تک اس کی ماں قطار میں ٹھیر بھی نہیں سکتی تھی۔ لڑکھڑاتے قدم اور سانسوں کی تھرتھراہٹ اس کے سدِراہ بن جاتے اور وہ واپس لوٹ جاتی اور جب گلابی رات کو گھر واپس لوٹتی اور ماں کی گود میں جا پہونچتی تو یوں لگتا جیسے وہ کسی الاؤ میں جل رہی ہے، اس کی ماں کا جسم بخار سے تپتا رہتا۔

انسان آرزوؤں، تمناؤں، اور خواہشوں کے سمندر میں ڈوبتا ابھرتا رہتا ہے۔ یہ ایک فطری جذبہ ہے لیکن ان کی تکمیل اتنی آسان نہیں۔ کبھی تو یوں بھی ہوتا ہے، آرزوؤں کو بے نقاب کرنے، تمناؤں کو حاصل کرنے خواہشوں کو تکمیل کرنے کے لئے دل پر کوڑے، لب پر آہیں اور آنکھ میں آنسو برداشت کرنے پڑتے ہیں۔

گلابی نے غم دیکھا نہ خوشی وہ ایک ایسی راہ کی مسافر تھی جہاں چاروں طرف آرزوؤں کے پھول ہی پھول بکھرے تھے۔ کانٹوں کی چبھن سے ناآشنا وہ ان پھولوں کو توڑنے آگے بڑھ رہی تھی۔ ڈوبنے کے خوف سے بے پرواہ وہ ایسے آبشار کے دہانے کھڑی تھی جس کے بہتے پانی نے اس کی پیاس کو اور بڑھا دیا خواہشوں کی رنگین وادی اُسے بلاتی رہی اور وہ سنہرے سپنے پلکوں پر سجائے مسکراتی رہی۔ معصوم اور بھولا بچپن تلخیٔ حیات اور غم روزگار کی چکی میں پس کر ستم دہر کو سمجھ نہ سکا۔ اس کی خواہشوں کا لامتناہی سلسلہ چلتا رہا۔

وہ رات کو اپنی ماں کی گود میں سر رکھے گھنٹوں فلک کے چاند کو تکا کرتی اور سوچتی کاش وہ کبھی اس کے آنگن میں اتر جائے۔ پھر چاروں طرف اجالا ہی اجالا، چاندنی ہی چاندنی ہو۔ پھر اس کی آنکھیں خواب سجانے لگتیں۔ تصور

کے اڑن کھٹولے پر بیٹھی وہ پریوں کی شہزادی بن جاتی۔ چاندی کے میز پر سونے کا تھال ہوتا جس پر سفید ابلے ہوئے انڈے، دودھیا مکھن لگے ٹوسٹ سرخ سرخ جیلی اور نہ جانے کتنے میوے سجے ہوتے وہ انھیں چھونے کے لئے ہاتھ بڑھاتی اور تبھی ماں کی کھانسی اسے تصور کی حسین دنیا سے اٹھاکر حقیقت کی تلخ راہ داری میں لا چھوڑتی وہ حالات کی انگلی تھامے حسرتوں کو کاندھے پر اٹھائے سفر زیست طے کرنے لگتی۔

اس دن بڑے سرکار کے دوست نے جو بمبئی سے آئے تھے اسے دو روپے بخشش دیئے۔ وہ خود کو بہت بڑی دولت مند سمجھنے لگی۔ اس کی ہتھیلی پر تو دس پیسے رکھنے کے لئے بھی اس کی ماں جھڑکتی تھی۔ اور یہ دو روپے اسے دو سو روپے سے زیادہ لگے۔ وہ خوشی خوشی گھر پہونچی۔ اس نے سوچ لیا کہ وہ دو روپوں میں اپنی من پسند چیزیں خرید کر رکھ لے گی۔

"کیوں ری۔ آج بڑی خوش ہے تو ___!" ماں نے گلابی کے چہرے پر شفق کے رنگ پھیلے دیکھ کر پوچھا۔

"اماں! آج مجھے دو روپے ملے ہیں"۔ وہ اپنی بند مٹھی دکھاکر کہنے لگی۔

"کہاں سے لے آئی تو۔ کہیں چوری تو نہیں کی۔ کسی سے مانگا تو نہیں؟" ماں کے سوالوں کی بوچھار سے وہ ڈر گئی۔

"نہیں اماں۔ چوری کیوں کروں گی۔ یہ تو بڑے سرکار کے مہمان نے بخشش دی ہے میں نے ان کے کمرے کی صفائی کی تھی نا۔ جوتے پالش کئے تھے۔ رومال دھویا تھا، وہ خوش ہوگئے۔ اس نے دو روپے کی نئی نوٹ ماں کو دکھائی۔

"ٹھیک ہے ٹھیک ہے جا، دو دن سے میری گولیاں نہیں ہیں بازار سے خرید کر لے آ۔"

اس کی ماں کی سانسیں بے ترتیب تھیں۔ اس نے بُرا سا منہ بناکر ماں کو دیکھا۔ جل ہی تو گئی وہ۔ یہ نہ سوچا کہ اسے کچھ اچھی چیز پکاکر کھلادے، بس اپنی دوائی کی فکر کرلی، پتہ نہیں ہر کوئی اس کاغذ کے ٹکڑے کا دیوانہ کیوں ہے بیگم صاحبہ بڑے سرکار سے بس اسی کے لئے جھگڑا کرتی ہیں۔ نکی لے بی اسکول جانے سے پہلے اس کے لئے ضد کرتی ہیں اس کی ماں کو بھی رات دن اسی کی فکر ہے مگر! وہ ان سوالوں کا جواب خود سے نہ پاسکی۔

"گلابی سنا نہیں۔ مجھے گولیاں چاہیئے۔ اب تو اٹھا بھی نہیں جاتا۔" وہ بہ مشکل تمام کہہ سکی۔

نہ جانے کیا ہوا گلابی کی آنکھیں بھیگنے لگیں۔ مجھ سے زیادہ تو اماں کو اس کی ضرورت ہے اور پھر وہ ماں کے سرہانے رکھی چٹھی کو لے کر میڈیکل شاپ کی طرف چلی گئی صرف دو روپے میں چھے گولیاں آگئی تھیں۔ اس نے سوچا اگر ہر روز اسے اسی طرح کی بخشش ملتی رہے تو اس کی ماں ہر روز دوا کھاسکے گی اور جلد ہی اچھی ہوجائے گی۔ پھر وہ کام کرنے لگے گی اسے اچھی چیزیں پکا کر دے گی، اسے اب یہ دھن سوار رہنے لگی کہ مہمان گھر آئیں اور اسے بخشش دیتے رہیں اور وہ اپنی ماں کی دوائیں لاتی رہے۔ ماں کی حالت دن بدن کمزور ہو رہی تھی مہمان کا انتظار اسے شدت سے رہنے لگا۔ اگر کوئی اتفاق سے آبھی جاتا تو اسے بخشش نہیں ملتی۔ بھلا مقامی لوگ اسے کیوں بخشش دیں گے ہاں اگر کوئی دوسرے شہر کا مہمان ہوتا تو بات الگ تھی۔ اس کا جی کام میں نہیں لگ رہا تھا وہ ہمہ وقت مہمان کی آمد کا انتظار کرتی۔ بنگلے پر آنے والے ہر شخص کو وہ کھوجتی، دوڑ دوڑ

کر ان کا کام کرتی مانگنے سے پہلے پانی لا دیتی ، چائے پلوا دیتی باادب ان کے سامنے کھڑی رہتی ۔ للچائی نظروں سے انھیں دیکھتی کہ شاید وہ کچھ مہربان ہو کر اس کے ہاتھ میں پیسے رکھ دیں ۔ مگر صرف ایک جملہ ہی اسے سننے کو ملتا ۔

" آپ کی یہ چھوٹی سی ملازمہ بڑی سلیقہ مند ہے ۔ اتنی سی عمر میں اچھا کام کر لیتی ہے ۔" وہ جل بھن جاتی ۔ کیا ان لفظوں سے اسے ماں کی دوائی مل سکتی تھی ؟ کاش وہ اس کی خدمت کے عوض ، سلیقہ کے عوض کچھ پیسے ہی اس کے ہاتھ میں رکھ دیتے ۔

کئی دن گذر گئے کوئی مہمان نہیں آیا ۔ اس کی ماں کی دوائی آنا مشکل ہو گئی ۔ تیس روپے ماہوار اس کی ماں کی ہاتھ میں تھما دیئے جاتے پُرانے پھٹے کپڑے بھی مل جاتے ـــــــــ مگر بیماری کا تدارک تو علاج ہے ۔ وہ کیسے ہو سکتا تھا نہ دوا ملتی نہ ہی غذا ۔ اب اس کی ماں اس قابل بھی نہیں رہی کہ گھر بیٹھے کچھ کام کر لے اور دو روپے کمائے ۔ گلابی کے قدم شعور کی منزلوں کی طرف بڑھ رہے تھے ۔ اور دل ماں کی بیماری سے گھبرانے لگا تھا ۔ اب اس کے کام میں جوش باقی نہیں رہا تھا ۔ وہ ڈوبتے دل سے کام کر رہی تھی ۔ اسے فکر یہ تھی کہ کاش کوئی اسے بخشش دینے لگتا تاکہ وہ ہر روز ماں کی دوائیں لے آتی ۔ پھر اچانک ایک دن گھٹائیں گھر کر آئی تھیں ۔ دن کا اجالا سرمئی اندھیرے میں بدلنے لگا تھا ۔ موسم بھی کچھ سرد پڑ گیا تھا ۔ اس کے گھر کی آدھی ٹوٹی ہوئی دیوار سے ہوائیں باغیانہ طور سے اندر گھس رہی تھی ۔ گلابی نے ماں کو پرانی کمبل اوڑھا دی تھی مگر پھر بھی وہ کانپ رہی تھیں ۔ اس کا دل ماں کو چھوڑ کر جانے رضامند نہ تھا ۔

" اماں آج میں بنگلے کو نہیں جاؤں گی ۔ "

" اری کم بخت ایسا نہ کر ۔ اگر تو نہ گئی تو فاقہ ہو جائے گا ۔ بیگم صاحبہ

سے کچھ پیسے ادھار مانگ کر لے آ۔ کہنا اماں کو آج انجکشن لگوانا ہے"۔ وہ ڈوبتے لفظوں کا سہارا لے کر کہہ رہی تھی۔

"کل ہی بیگم صاحبہ نے کہہ دیا کہ پچھلے ماہ کا حساب ہی پورا نہیں ہوا اور اس ماہ تنخواہ کٹ جائے گی۔" گلابی نے سہمے سہمے لہجے میں کہا۔

"تو جا تو سہی ــــــ" ماں نے کہا۔

"مگر تو ــــــ تو اکیلی ہے نا اماں۔ اور پھر تیری طبیعت تو کچھ زیادہ ہی خراب ہے۔"

"تو میری فکر نہ کر۔ میں رحیمو بھیا کو بلالوں گی۔ تو پہلے جا ــــ"

اور وہ بادل ناخواستہ اٹھ کھڑی ہوئی۔ سارا دن وہ ٹھیک طور سے کام نہیں کر سکی۔ دل بے چین ہو رہا تھا۔ ماں کا خیال بار بار ستا رہا تھا۔ مگر اتنی ہمت نہ ہوئی کہ وہ بیگم صاحبہ سے پیسے مانگ سکے۔

یہ بھی قسمت کی ستم ظریفی تھی کہ ناشتے کے ٹیبل پر نکی بے بی کے ہاتھوں چائنا کا خوبصورت گلدستہ گر گیا اور اس کا الزام بڑی صفائی سے انھوں نے گلابی پر رکھ دیا۔

بڑے سرکار نے خوں خوار نظروں سے اُسے گھورا۔ بیگم صاحبہ نے دوچپت جم کے رسید کئے۔ وہ اپنے ناکردہ گناہ کی سزا خاموشی سے بھگت رہی تھی۔ اور جب بیگم صاحبہ نے اُسے نکل جانے کہا تو وہ ان کے قدموں سے لپٹ گئی۔

"نہیں بیگم صاحبہ۔ مجھے مت نکالئے۔ میں نوکری نہیں کروں گی تو میری ماں مر جائے گی۔ وہ بلک بلک کر رو پڑی۔

نہیں نہیں ــــــ مجھے اب تیری ضرورت نہیں۔ کم بخت نے سارا سامان برباد کر دیا۔ کتنی خواہش سے اسے میں نے خریدا تھا۔ ارے

تم لوگوں کو تمیز ہی کیا ہے۔ دیکھا ہی کیا تم لوگوں نے۔ زبردستی ہمارے گلے پڑ جاتے ہیں۔ دفع ہو یہاں سے۔" انھوں نے اس کا شانہ پکڑ کر پرے ڈھکیل دیا۔

وہ روتی بلکتی کمرے سے باہر نکل گئی۔ اتنی ہمت بھی نہیں ہوئی کہ وہ پیسوں کے لئے پوچھ سکے۔ اس کا ذہن پیسے کی فراہمی کے لئے بے چین ہوگیا۔ وہ رو رہی تھی۔ ــــ مار کی وجہ سے نہیں بلکہ ماں کی دوائی کے خیال سے۔ کیا کرے کہاں سے پیسے لائے۔ تبھی اس کے ذہن میں بجلی سی کوندی۔ نکّی بے بی کی فیس کے ساٹھ روپے اس کی شرٹ کی جیب میں تھے جسے بیگم صاحبہ نے اسے ساتھ لے جاکر باندھنے کہے تھے۔ شاید غصے میں انھیں یاد نہ رہا اس لئے وہ اسے واپس لینا بھول گئے اس نے ہاتھ ڈال کر دیکھا تو کڑکڑاتے ساٹھ روپے اس کی جیب میں تھے۔ اس نے اپنے میلے شرٹ سے آنسو پونچھ لئے۔ اس کا چہرہ کھل اٹھا۔

اس نے سوچا میری ماں اچھی ہو جائے گی، تو ان ساٹھ روپوں کے عوض وہ کام کرے گی اور اس طرح ان کے پیسے ادا ہو جائیں گے۔ فی الوقت تو وہ ماں کے انجکشن کا انتظام کرے گی۔ اس خیال کے آتے ہی وہ گھر کی طرف دوڑ پڑی۔

"اماں تیری دوائی کی چھٹی کہاں ہے۔" وہ ہانپتی ہوئی کہہ رہی تھی۔

سرہانے ہی تو رکھی ہے۔ مگر..... مگر تو نوکری سے جلد کیسے آگئی۔"

" بیگم صاحبہ نے مجھے پیسے دیئے اور تیرے لئے انجکشن لگوانے کہا۔"

وہ بڑی صفائی سے جھوٹ کہہ کر میڈیکل شاپ کی طرف بھاگی۔

بتیس روپے کی دوائیں خرید کر رحیمو چاچا کے پاس پہونچی۔

" چاچا اماں کو انجکشن لگوانے ہسپتال جانا ہے"

"چل بیٹی میں آرہا ہوں۔" رحیمو چاچا رکشا لے کر اس کے ساتھ چل پڑا۔ بہ مشکل تمام گلابی نے محلے کی دوسری عورتوں کے ساتھ سنبھال کے

ماں کو رکشا میں بٹھایا اور ہاسپٹل کی طرف چل پڑی۔ ہاسپٹل میں وہی لمبی قطار تھی۔ وہ دوڑ کر ڈاکٹر کے پاس گئی۔

"ڈاکٹر صاحب میری اماں کو پہلے انجکشن لگا دیجئے نا۔ اس کی طبیعت بہت خراب ہے۔"

"اے لڑکی جا لائین میں ٹھیر جا۔ یہاں سبھی بیمار ہیں جلدی ہو تو کسی اور جگہ چلی جا۔"

وہ ہونٹ کاٹتی قطار میں ٹھیر گئی۔ اس کی ماں وہیں بنچ پر لیٹ گئی تھی۔ اس کی بے ترتیب سانسوں میں زندگی کے آثار مدھم پڑنے لگے تھے۔ وحشت اور گھبراہٹ سے گلابی کے معصوم چہرے پر سردی کے باوجود پسینے کی بوندیں ابھر آئی تھیں۔ ایک ماں کی بیماری کا خوف تو دوسرے فیس کے پیسوں کو خرچ کرنے کا۔

اس کا دل تیزی سے دھک دھک کر رہا تھا۔ دفعتاً اس نے دیکھا اس کی ماں کی گردن ڈھلکنے لگی تھی۔ وہ دوڑ کر اس کے قریب پہونچی۔ اسی اثنا میں نرس نے اسے اسٹریچر پر ڈالوا دیا اور ایمرجنسی کی طرف لے گئیں۔

رحیمو چاچا نے اس کے کاندھے پر ہاتھ رکھا۔

"چاچا ماں کو کیا ہو گیا۔ ——" وہ ان سے لپٹ گئی۔

اللہ مالک ہے بیٹی —— ! بوڑھے رحیمو چاچا کی آنکھیں بھی نمناک تھیں۔ تبھی ہاسپٹل کے گیٹ کے پاس کار نظر آگئی۔ بڑے سرکار کار سے اترے اور متلاشی نظروں سے ادھر ادھر دیکھنے لگے، جیسے ہی ان کی نظر گلابی پر پڑی وہ تیز تیز قدموں سے اس کے قریب آئے، اسے گھسیٹ کر گیٹ کے پاس لے گئے اور بنا کچھ سوچے سمجھے ایک تھپڑ گلابی کے معصوم گال پر رسید کر دیا۔

چور کہیں کی ۔ نکی بیٹا کے فیس کے پیسے لے کر چمپت ہوگئی اسے اسکول میں ڈانٹ کھانی پڑی وہ روتی ہوئی گھر واپس آگئی ۔

بڑے سرکار ..... میری ماں کی دوائی کے لئے .... وہ پیسے میں نے رکھ لئے ۔ اسے انجکشن لگوادوں گی وہ اچھی ہوجائے گی تو آپ کے پیسے لوٹا دے گی یا آپ کے گھر کام کر لے گی ۔ میں نے چوری نہیں کی ۔

" مجھے چور نہ سمجھئے یہ پیسے بچے ہیں " اٹھائیس روپے اس کی ہتھیلی پر رکھے تھے ۔

تبھی ڈاکٹر نے آواز دی ۔

" اس پیشنٹ کے ساتھ کون ہے .... " رحیمو چاچا آگے بڑھے

" معاف کرنا ہم اسے بچا نہیں سکے ۔ لاش کو لے جانے کا انتظام کر لو ۔ " ـــــــ رحیمو چاچا کی آنکھیں برساتی ہوگئیں ۔ گلابی کو یوں لگا جیسے کوئی کانٹا اس کے کلیجے میں چبھ گیا ہو وہ تڑپ اٹھی ۔ ہتھیلی پر رکھے اٹھائیس روپے اس نے بڑے سرکار کے منہ پر پھینک دیئے اور رحیمو چاچا سے یوں لپٹ گئی جیسے وہی اس کے چارہ گر ہیں ۔ اس کی دل دوز چیخ اسپتال کو دہلا گئی یوں لگا جیسے بجلی تڑپ کر بے نقاب ہوگئی ۔ بادل دھیرے دھیرے برسنے لگے چمن کی ساری کلیاں بھیگنے لگیں اور گردش دوراں جاری رہا .... کبھی نہ رکنے والا ـــــــ

# کوہکن

اس شام گھٹائیں گھِر کر آئی تھیں۔ موسم کی پیش قیاسی کے تحت ساحلی علاقوں میں طوفان کا خطرہ تھا۔ سرد ہوائیں سائیں سائیں کرنے لگی تھیں۔ ہلکی ہلکی پھوار پڑنے لگی تھی۔ پرندے گھبرا کر بسیرے کی تلاش میں نکل چکے تھے۔ سڑکوں پر اتنی زیادہ ٹرافک بھی نظر نہیں آرہی تھی جیسا کہ ہر روز حشرات الارض کی طرح سواریاں دوڑتی نظر آتی ہیں۔ سمجھ میں نہیں آتا کہ مختلف قسم کے حادثات اور موت کی کارفرمائیوں کے باوجود زندگی سڑکوں سے لے کر گلی کوچوں تک بلکہ کوڑے کی ڈھیر میں بھی حرکت کرتی کیسے نظر آتی ہے۔ عقل بھی عاجز ہونے لگی ہے کہ آیا موت کو فاتح سمجھا جائے یا زندگی کو ـــــ عجیب جنگ ہے یہ، نہ زندگی شکست جانتی ہے اور نہ موت ہار مانتی ہے۔

روز کی طرح وہ کپڑوں کی دھول جھٹک کر اٹھ کھڑا ہوا۔ گھر کا راستہ طویل تو نہ تھا مگر پھر بھی جانے کیوں اس کے قدم تھکے تھکے سے ہو گئے مایوسی اور ناامیدی کے سیاہ لباس نے اس کے چہرے پر بھی ملگجی رنگ بکھیر دیا تھا۔ گھر کی دہلیز پر ہی اس کے پیر رک گئے۔ ماں کی کھانسی نے اسے احساس دلایا کہ وہ آج دوائیں نہ لاسکا۔ تبھی چوڑیوں کی کھنک نے اسے چونکا دیا کہ نیلو کے ہاتھ مہندی کے لئے بے قرار ہیں۔ آج پھر وہ ملتجی مسکراہٹ ہونٹوں پر سجائے

اس کا استقبال کرے گی رکیا وہ اس سے نظر ملا پائے گا۔ تبھی ٹاٹ کا بوسیدہ پردہ اٹھا۔

"عامر بھائی آپ آگئے ــــــ آپ کے قدموں کی چاپ میرے سوا کوئی اور نہیں پہچان سکتا۔" نیلو چہک کر بولی۔ اور وہ تھکے ہوئے انداز میں صرف مسکرا سکا۔

"مایوسی کفر ہے اور ہمت ایمان۔ گولی ماریئے فکر کو اور چائے لیجئے گرما گرم۔" نیلو نے پیالی ہاتھ میں تھما دی۔

آگئے عامر ــــــ ماں کروٹ بدل کر اٹھ بیٹھی۔

ہاں اماں۔ وہ ماں کے قریب بیٹھ گیا۔

کیا ہوا ــــــ؟ ماں نے بڑی امید سے اس کی آنکھوں میں جھانکا۔

کچھ نہیں ــــــ" وہ اتنا کہہ کر چپ ہو گیا۔ لیکن یوں لگا جیسے فضا گھبرا گئی ہو۔ دیواریں دہل گئیں۔ فرش اکھڑنے لگے ہوں۔ سانس بوجھل ہو گئی۔ آس کے لاتعداد دیئے دھیرے دھیرے بجھنے لگے۔

اماں ــــــ وہ تھکے ہارے گھر آتے اور تم نے انھیں ــــــ"

خیر چھوڑو بھیا۔ یہ بتاؤ آج کہاں کی سیر کی ــــــ" نیلو نے اپنے دوپٹے سے اس کے ماتھے کا پسینہ پونچھا۔

سیر ــــــ! ہونہہ ــــــ وہ بے دلی سے مُسکرایا۔

نا امیدی کے راستوں کی۔ مایوسی کے صحرا کی۔ بدقسمتی کے جنگل کی اور بے بسی کے لمبے راستے کی ــــــ"

افوہ عامر بھیا۔ تم کیا خاک سیر کرو گے۔ تم تو بس راہ چلتے چلتے تھک جاتے ہو۔ شیریں اور فرہاد کی کہانی تمہیں یاد ہے نا۔ فرہاد شیریں کے لئے

دودھ کی نہر کھودنے پہاڑ چلا جاتا ہے۔ بھلا بتاؤ! کیا یہ ممکن تھا مگر اس کی سچی لگن نے وہ کام کر دکھایا اور دودھ کی نہر بہہ نکلی۔ تم کیسے کوہکن ہو بھیا۔ تیشہ ہاتھ میں لیا بھی نہیں اور تھک گئے۔ تم نے زندگی میں کبھی کسی سے پیار نہیں کیا نا۔ اس لئے خود سے پیار کرنا سیکھو۔ سچی لگن دل میں رکھو۔ دولت کو شیریں سمجھو اور تم فرہاد بن کر اس کے لئے جوئے شیر لانے تیار ہو جاؤ۔ راہ کے پتھر اکھاڑ پھینکو اور اپنے لئے گلستاں بنالو میں بلبل کی طرح تمہارے چمن کی ہر ڈالی پر چہکتی رہوں گی"

نیلو نے بھائی کے دلاسے کے لئے کہہ تو دیا مگر وہ خود کو قفس کے پنچھی کی طرح محسوس کرنے لگی۔

رات گہری تاریک ہو رہی تھی۔ اور نیند اس سے کوسوں دور تھی۔ کبھی ماں کی کھانسی اور کبھی نیلو کی چوڑیوں کی کھنک اسے بے قرار کر دیتے۔ صبح کی اولین ساعتوں میں جب وہ تیار ہو کر باہر نکلنے لگا تبھی نیلو اس کے قریب آئی۔

"آج اتنی سویرے کہاں چل دیئے بھیا۔ ــــــ"

"میں ہر روز جس سفر کے لئے جاتا ہوں بس اسی کے لئے اور کیا۔"

اس نے بے دلی سے کہا۔

"بنا کچھ کھائے ــــــ" نیلو بولی

"کل صبح سے تو نے کتنی بار کھایا۔ وہ طنزیہ انداز میں مخاطب تھا۔

"میں نے روزہ رکھا تھا بھیا"۔

"غریبوں کے فاقے کا نام شاید روزہ ہی ہے۔ کونسی مراد بر آئی تیری۔"

"مراد پانے کے لئے ہی تو روزہ رکھا میں نے، آج تم مایوس.

نہیں لوٹو گے مجھے یقین ہے۔"

"کاش تیرا یقین سچ ہو سکتا۔ مگر نیلو ـــــ آج جیسے بھی ہو میں روپوں کا انتظام کر کے ہی آؤں گا" اس نے ایک عزم سے کہا۔

چوری نہ کرنا، ڈاکہ نہ ڈالنا، قرض نہ لینا محنت سے کما لانا۔ ماں کا علاج اپنی پیسوں سے ہو سکتا ہے۔ نیلو نے اس کی آنکھوں میں آنکھیں ڈال کر کہا۔

"پیسہ ـــــ پیسہ تو کسی بھی طرح حاصل کیا جا سکتا ہے۔ زندگی کی چھوٹی اور بڑی ضرورت صرف اس کی تابع ہے۔ پیسے کے حصول کے لئے اصولوں کا پابند ہو جانا میرے لئے صرف حماقت ہی ہے۔

میں تمہارا مطلب نہ سمجھ سکی بھیا۔

تو اس کی کوشش بھی نہ کر۔ اتنا کہہ کر وہ باہر نکل گیا۔ نیلو واپس لوٹی تو ماں جاگ چکی تھی۔

عامر چلا گیا نا ! ـــــ ایک سرد آہ ان کے کمزور لبوں سے نکلی

میری بیماری اور تیری شادی دونوں ہی اس کے لئے آزار ہیں۔ وہ تھک گیا بیٹی۔ دکھ کے اس پہاڑ کو کھودتے کھودتے اس کے ہاتھ لہو لہان ہو گئے۔

میرا بچہ ـــــ جب سے ہوش سنبھالا کوہکن ہی بن گیا۔ ماں کے باقی جملے کھانسی کی نذر ہو گئے۔ نیلو بڑی دیر سے اس ننھی چڑیا کو دیکھ رہی تھی جو پر پھیلائے اڑنے کی کوشش میں تھی۔ تبھی اسے یاد آیا۔

"اماں نسیمہ بی بی کے گھر آج دعوت ہے۔ انھوں نے بلایا چلی جاؤں"

"مگر عامر ـــــ" ماں خوف زدہ ہو گئی

"مجھے اپنی بھوک کا خیال نہیں، تمہارے لئے کھانا مل جائے گا۔ صرف تمہارے لئے اماں"۔ وہ ماں کے گلے لگ گئی۔

اماں کے لب ہلے ۔ "اچھا ــــــــــ" اور ایک آہ ان کے سینے سے نکل گئی گویا جلتے ہوئے گھر کا دھواں ہو ۔

شام سنولانے لگی عامر واپس آیا ۔ چوڑیوں کی کھنک سنائی نہ دی تو اس نے سوال کر ہی لیا ۔

"نیلو کہاں ہے ماں ــــــ"

"لاریوں والے سیٹھ بابو میاں کی لڑکی نے اسے بلایا تھا" ۔

"کیوں کس لئے ــــــ؟ عامر کے لفظ پتھر بن گئے اور اماں کے دل پہ ضرب سی لگنے لگی ۔

"ان کے یہاں آج کچھ دعوت ہے اس لئے نیلو کو ــــــ کام پر بلالیا ــــــ" اماں چپ ہو گئیں

عامر نے محسوس کیا کہ تیشے کا وار خود اس پر چل گیا وہ زخم سے کراہ اٹھا ۔

نیلو کو کام کے لئے بھیج دیا ــــــ ہاں اماں ۔ میں نکما ہوں نا تم لوگوں کو دو وقت کی روٹی نہیں دے سکتا ۔ تن ڈھانکنے کپڑا نہیں دے سکتا ۔ اب نیلو کمائے گی اور میں کھاؤں گا ــــــ گویا میں ایک بیکار سی شئے ہوں اس گھر میں ۔" وہ بڑبڑانے لگا ۔

عامر بھیا ۔ اماں پر کیوں بگڑتے ہو ۔ میں نے ان سے زبردستی اجازت لے لی ۔ تمہیں پتہ ہے اماں کو اچھے کھانے کی کتنی ضرورت ہے ۔ سوکھی روٹی اور چٹنی ان کے مرض کا علاج نہیں ۔ اگر میں ہر روز یہ کھانا نہ لاتی تو شاید آج اماں اس حال میں بھی نہ ہوتیں ــــــــــ" قبل اس کے کہ وہ کچھ اور کہتی تڑاخ کے ساتھ عامر کی انگلیوں کے نشانات اس کے گالوں پر جم گئے ۔ ہاتھ میں تھما ہوا ٹفن گر گیا ۔

اماں سہم کر رہ گئیں اور نیلو کی سسکیاں فضا کو بوجھل کرنے لگیں۔

خبردار جو میری اجازت کے بغیر قدم گھر سے باہر نکالا۔ اتنا کہہ کر عامر باہر نکل گیا۔ نیلو ماں کی گود میں آگری اور اس وقت تک اس کے آنسو ماں کے دامن میں موتی لٹاتے رہے جب تک کہ آدھی رات نہ بھیگ گئی، عامر صبح کی اولین ساعتوں میں گھر آیا۔

" اماں مجھے نوکری مل گئی۔ اب میں رات کو شاید گھر نہ آسکوں۔ مجھے رات کی ہی ڈیوٹی ملی ہے۔ کام ہی ایسا ہے۔ نیلو لے یہ تھوڑا سا سامان کھانے کے لئے۔ اور سن، میرے قریب آ۔" وہ اس کے قریب پہونچی۔ گالوں پر انگلیوں کے نشانات اب بھی موجود تھے اور سانسوں میں سسکنا بھی جاری تھا۔

" نیلو، میں تیرا بھائی ہوں۔ تیرے بھلے کے لئے ہی کہتا ہوں۔ امیروں کی دولت ان کی تجوریوں میں ہوتی ہے اور غریبوں کی دولت اس کے اپنے آنچل میں اسے بہت احتیاط سے رکھنا پڑتا ہے۔ نیلو غریب کے آنچل کی بساط ہی کیا، بوسیدہ سا۔ ہلکے سے جھٹکے سے تار تار ہو جائے، اس لئے میری بہنا اسے سنبھال کر رکھ۔ یہ تیری دولت ہے اور تو میری دولت ہے ——" عامر نے اسے سینے سے لگالیا۔ نیلو کے اداس اور معصوم سے چہرے پر ہلکی سی مسکراہٹ ابھر آئی گویا سفیدیٔ سحر نمودار ہوئی ہو اور پھر وہ کھلکھلا کر ہنس پڑی گویا تیز دھوپ نکل آئی ہو.... عامر اس تمازت کو برداشت نہ کر سکا۔ اور واپس مڑ گیا۔

ہر رات دیر سے گھر آنا اس کا معمول تھا اگرچہ اس کے قدم لڑکھڑاتے ہوتے مگر جیب نوٹوں سے بھری رہتی۔ نیلو سمجھنے لگی تھی کہ اس کا بھائی دو نمبر کا دھندہ کر رہا ہے مگر وہ کچھ کر نہیں پا رہی تھی۔ کیونکہ پیسہ —— جو زندگی کی اہم ضرورت ہے اس کی ہر خواہش کی تکمیل کر رہا تھا نیلو کے لب سل گئے۔ ماں کے

چہرے کی زردی گہری ہوگئی اب دوا پھینکی جانے لگی تھی۔ اور صبح خالی بوتل پھر ڈاکٹر کے گھر سے بھر کر آجاتی۔ عامر نظریں چرانے لگا تھا۔ ماں سے بات کرنے کا وقت ہی نہ تھا اس کے پاس۔ وہ بس زندگی کی ضرورت پوری کر رہا تھا۔ اسی بیچ نیلو کا رشتہ بھی طے ہوگیا۔ اماں اس کا سہرا دیکھ کر مرنے کا انتظار کر رہی تھیں۔ اور عامر وہ بس اتنا جانتا تھا کہ وہ اپنی ذمہ داریاں پوری کر رہا ہے کیسے ـــــــ اس کا جواب خود اس نے کبھی نہیں دیا۔

زندگی کا مذاق آنکھ میں آنسو۔ لبوں میں آہ بھر دیتا ہے۔ ضرورت عامر سے شرافت خریدتی رہی۔ دھوکہ، بے ایمانی۔ فریب اور دغا خریدتی رہی وہ دکھ کے پہاڑ کھودتا رہا۔ دودھ کی نہر بہہ تو نکلی مگر گھاؤ کوہکن کے سارے جسم پر لگ چکے تھے۔ عامر اپنے دام لگا چکا تھا۔ سیٹھ سلیمان نے اسے اپنے کالے دھندوں میں پوری طرح استعمال کرلیا تھا۔ گویا وہ ایک ایسی بیکار سی شئے تھا جیسے ہولی جلانے کے لئے الاؤ میں ڈال دیا جاتا ہے۔ وہ محض پیسے کا غلام اس لئے بن گیا کہ اسے نیلو کے ہاتھ میں کانچ کی نہیں۔ سونے کی چوڑیاں پہنانی تھیں۔ ویسے اس نے یہ بھی طے کرلیا تھا جب نیلو کی ذمہ داریاں پوری ہوجائیں گی تو وہ اماں کے ساتھ حج کو جاکر اپنے سارے گناہوں کی معافی مانگ لے گا۔ مگر قسمت نے اسے دھوکا دیا۔ ٹھیک اسی دن جس دن نیلو کی برات آئی تھی پولیس اس کی تلاش میں گھر پہنچ چکی تھی اور وہ سارے مہمانوں کے سامنے ہتھکڑیاں ہاتھوں میں ڈالے پولیس کی ویان میں بیٹھ گیا۔ چپ چاپ نہ اس نے التجا کی نہ وہ رو سکا۔ اور نہ کسی بات کا انکار کرسکا۔ جرم اس نے کیا تھا اور اسے سزا ملنی ہی تھی۔ بارات لوٹ گئی۔

اماں کی اکھڑی اکھڑی سانس بیٹی کی خوشی کو ہی مشکل سے سہار رہی

تھیں کہ بیٹے کے غم سے رک ہی گئیں۔

عامر کو سزا ہو چکی تھی چھ ماہ کی۔ سیٹھ سلیمان نے اس سے وعدہ کرلیا کہ چھ ماہ تک وہ اس کے گھر والوں کی حفاظت کرے گا۔ یہ ایک طرح کا سودا تھا، کیونکہ عامر نے ان کے جرم اپنے نام کرلئے تھے۔ اس کے بدلے اس کی زندگی کی ساری محنت کا صلہ اسے مل رہا تھا۔ وہ دکھی بھی تھا اور سکھی بھی۔ ماں کی موت ویسے بھی اٹل تھی اس کی گرفتاری بہانہ بن گئی۔ وہ موت کی شاطرانہ چال پر ہنس پڑا۔ سیٹھ سلیمان سے معاہدے کے بعد وہ اس بھروسہ کے ساتھ جیل کی سلاخوں کے پیچھے قید ہوگیا کہ ماں کی تدفین اور نیلو کی شادی دونوں ہی کی ذمہ داری سیٹھ سلیمان نے قبول کرلی۔

بہار وخزاں کے دن گذرے۔ چڑھتے سورج اور ڈوبتی شام کا ملن ہوتا رہا۔ جیل سے رہائی پاتے ہی وہ سب سے پہلے ماں کی قبر پر پہنچا۔ سنگ مرمر کے خوبصورت سے چبوترے پر اس کی ماں ابدی نیند سو رہی تھی۔ سرہانے چنبیلی کا گھنا منڈوا بھی تھا۔ زندگی میں تو اس نے ماں کو معمولی سا پتھر کا فرش بھی نہ دے پایا تھا۔ وہ لال مٹی سے لیپ کر ہی خوشنما بنالیا کرتی تھی اور اور آج موت نے کتنی عزت بخشی تھی ان کو۔ کوئی دیکھتا تو ضرور یہ سوچتا کہ کسی بڑے گھر بڑے رتبہ والوں نے بنایا ہے۔ اگرچہ وہ خود مٹی کی تہہ میں دبی پڑی تھی یہ محض دنیادی دکھاوا تھا۔ موت نے کبھی ہار مانی ہی نہیں۔ وہ مار کر بھی زندہ رکھ دیتی ہے قبر کی شکل میں ماں کی قبر سے نکل کر جب وہ سڑک کی طرف آیا تو یوں لگا جیسے وہ کسی اجنبی شہر میں آ گیا۔ کوئی بھی شناسا نہ تھا۔ عجیب عجیب سا لگ رہا تھا اسے۔ ٹاٹ کا بوسیدہ پردہ۔ مٹی کا مکان، ماں کی کھانسی کی آواز، نیلو کی چوڑیوں کی کھنک۔ سب کچھ اسے یاد آگیا اور پھر اس کے آنسو

جھپنے لگے۔ بہت دیر تک وہ وہیں بیٹھا روتا رہا۔ شام کے سائے جب تیزی سے زمین کی طرف آنے لگے۔ تب کسی نے اس کے شانے پر ہاتھ رکھا یہ شرما تھا۔ سیٹھ سلیمان کی شطرنج کا دوسرا مہرہ اس کا اپنا ساتھی۔

"دوست ہماری زندگی رونے کے لئے نہیں۔ اتنے زمانے تک ہمارے ساتھ رہ کر بھی تم پتھر کا دل اور فولاد کا جگر نہ لا سکے۔ تمہارے ماتھے پر جو کلنک لگ چکا ہے وہ آنسوؤں سے دھویا نہیں جا سکتا۔ اٹھو اسی راستے پر چلو۔ جو تمہارا مقدر بن گیا ہے۔ ہماری اپنی کوئی زندگی ہی نہیں۔ ہم نہ خود کے لئے جیتے ہیں نہ خود کے لئے مرتے ہیں۔ ہمارے ہاتھوں میں ہتھوڑے دے دیئے گئے ہیں۔ اور ہم وقت کی چٹانوں کو کاٹ رہے ہیں۔ ہمیں ضرورت ہے دولت کی اور انھیں ضرورت ہے ہمارے ہاتھوں کی، ہمارے جذبات اور احساسات انہی چٹانوں کے ساتھ کچلے جا چکے ہیں۔ تمہاری آنکھوں میں آنسو اچھے نہیں لگتے چلو میں تمہیں وہاں لے چلتا ہوں جہاں ہم جیسے لوگوں کو تھوڑی سی پناہ مل جاتی ہے"۔ شرما کے ساتھ وہ چپ چاپ چل پڑا۔

"یہاں شراب بھی ہے اور شباب بھی۔ تم یہاں آکر خود کو ہر فکر سے آزاد پاؤگے"۔ شرما نے ایک خوبصورت سے مکان میں داخل ہوتے ہوئے اُس سے کہا۔ دونوں ایک وسیع ہال میں پہنچے جہاں بہت سلیقے کے ساتھ فرش کیا گیا تھا دالان کے چاروں جانب مختلف قسم کی شراب کی بوتلیں موجود تھیں۔ عامر تیزی سے ایک میز کی جانب بڑھا اور ایک ہی سانس میں ساری بوتل ختم کر دی۔ گویا وہ جلد سے جلد غموں سے نجات پانا چاہتا ہے۔

" ارے یار تم بھی کس قدر جلد باز ہو کچھ تو انتظار کرتے۔"

ابھی ایک حسین، مہ جبیں۔ دل نشیں تمہارے سامنے پیمانہ لئے

چلی آئے گی ۔ اس کے آنچل کو چہرے سے ہٹا کر سوچو گے کہ پیمانہ کونسا ہے ۔ اس کے ہاتھوں میں اس کے آنکھوں میں اس کے گالوں میں یا پھر اس کی لبوں پر ۔ ماں قسم یار سر سے قدم تک نشہ ہے ۔"

شرما کی اس آواز پر چھم چھم کی صدا آئی اور ایک نازک خرام حسینہ چہرے پر نقاب ڈالے ہاتھوں میں پیمانہ لئے اس کے روبرو بیٹھ گئی ۔ عامر نے دھیرے سے اس کا آنچل اٹھایا اور پھر ایک دھماکہ ہوا ۔ ایک لاوا ابل پڑا ۔ ایک پہاڑ پھٹ گیا ۔ نیلو ــــ نیلو ــــ نیلو ــــ گویا سارا ہال بازگشت کرنے لگا ۔ عامر آنکھیں مل کر کھڑا ہو گیا ۔ شرما ۔ ہکا بکا اسے دیکھنے لگا اور نیلو کے ہاتھ سے پیمانہ چھوٹ گیا ۔

" بھیا ــــ " اس کے الفاظ پوری طرح ادا بھی نہ ہو پائے کہ شیشے کی تیز دھار اس کے سینے میں چبھ گئی ، خون کا فوارہ ابل پڑا اور وہ تیورا کر فرش پر گر گئی ۔ عامر کے ہاتھ میں ٹوٹا ہوا شیشہ تھا ۔

" میں فرہاد ہوں ۔ کوہ کن ہوں ، لیکن میں نے دودھ کی نہر نہیں نکالی خون کی نہر کھودی ہے ۔" ایک بھیانک قہقہہ گونجنے لگا ۔ دوسرے ہی پل شرما بھی فرش پر تڑپ رہا تھا ۔

" میں فرہاد ہوں ۔ خون کی نہریں کھودتا ہوں ۔" وہ بے تحاشا قہقہے لگاتا رہا ۔ صبح سویرے اخبار کے پہلے صفحہ پر جلی حروف میں خبر آئی ۔ ایک بھائی کے ہاتھوں بہن کا بیدردانہ قتل ۔ قاتل نے دوست کا بھی قتل کر دیا ۔ پتہ چلا کہ ملزم پاگل پن کا شکار تھا ۔"

اب خدا جانے پاگل عامر تھا ۔ یا شرما ، یا سیٹھ سلیمان ــــ یا نیلو ــــ یا پھر یہ سماج ــــ

# کنارے بے وفا نکلے

کار تیزی سے پورٹیکو میں آکر رُکی۔ موٹن ملز کے مالک ممتاز احمد کار سے اترے۔ ہلکے نیلے رنگ کے سوٹ میں ان کا چہرہ چمک رہا تھا۔ جیسے سورج کی کرنیں درختوں کے پتوں سے چھن کر زمین پر گرتی ہیں۔ آنکھوں پر سیاہ چشمہ چڑھا تھا۔ بالوں کی سفید موجیں بڑے دلکش انداز میں سنواری گئی تھیں۔ ماتھے پر ہلکی سی شکن، لبوں پر خاموش کہانیاں اور دھویں کے مرغولے بناتا ایک پائپ۔

"پیٹر ــــــ" ایک گرجدار آواز ان کے لبوں سے نکلی۔

"یس سر ــــــ" پیٹر مودبانہ ان کے سامنے آکھڑا ہوا۔

"اس ایک ماہ کے دوران میرے لئے کوئی آیا تو نہیں ــــــ؟" انھوں نے سوال کیا۔

"نو سر ــــــ" اس نے سر کو خم کر کے کہا

ٹھیک ہے۔ تم جا سکتے ہو۔" یہ کہہ کر وہ آگے بڑھ گئے۔ ڈرائینگ روم میں داخل ہوتے ہی ان کی نظر ٹیبل پر رکھے خطوط پر پڑی۔ انہوں نے چشمہ اتارا چھڑی نوکر کے حوالے کی اور صوفے پر نیم دراز ہو کر لفافے چھانٹنے لگے۔ دفعتاً گلابی رنگ کے لفافے کو دیکھ کر وہ کچھ چونک گئے۔ لفافے سے نکلتی بھینی بھینی

خوشبو نے انھیں کچھ سونگھنے پر مجبور کر دیا۔

یہ کس نے لکھا ہے بھلا —— انھوں نے اسے الٹ پلٹ کر دیکھا۔ ڈاک کے ٹکٹ پر چندن نگر کا مہر پڑا تھا۔ وہ کچھ جھجکے کچھ رکے اور پھر تیزی سے لفافہ چاک کیا۔ اندر سے کئی پرچوں پر مشتمل ایک خط نکلا۔ ان کے چہرے پر الجھن کے آثار پیدا ہوئے۔ ان کی بے چین نظریں تحریر پر جا کر رک گئیں۔

"پاپا ——

زیارت کو نگاہیں منتظر ہیں

قدم بوسی کو راہیں منتظر ہیں

اس خط کو دیکھ کر یقیناً آپ چونک گئے ہوں گے۔ میں شادماں ہوں پتہ نہیں آپ اس نام سے واقف ہیں بھی یا نہیں۔ میں وہی گوشت کا ٹکڑا ہوں پاپا جسے آپ نے آج سے اٹھارہ سال پہلے یہ کہہ کر ممی کے حوالے کیا تھا کہ میں اس کو لے کر کیا کروں ——"

"آپ کرتے بھی کیا۔ آہن و فولاد بھلا گر یہ شبنم سے پگھلتے بھی ہیں۔"

ممی کی سسکتی ہوئی آواز میرے کانوں سے ٹکرائی۔ اذان تو آپ کو دینی چاہیئے تھی نا! مگر مجھ بدنصیب کی قسمت ماں کی ہچکی سننی لکھی تھی۔

مجھے یاد ہے پپا —— بابا نے اپنی بیٹی کی خاطر آپ کے آگے ہاتھ جوڑے تھے مجھے سفید کپڑوں میں لپیٹ کر آگے رکھا اور گھگھیاتے ہوئے کہا تھا۔

"ممتاز بیٹا! خدا کو یوں نہ بھولو۔ اس معصوم کلی کو پھول بننے دو اسے اس طرح چھوڑ کر نہ جاؤ۔ دنیا میں پیسہ ہی سب کچھ نہیں ہوتا بیٹا۔ انسانیت بھی کوئی چیز ہے۔ چلو اس کی ماں تمہاری راہ تک رہی ہے۔" لیکن آپ نے منہ پھیر لیا۔

"میں آپ سے کہہ چکا ہوں مجھے تنگ نہ کیجئے۔ ورنہ میں کوئی دوسرا قدم اٹھانے پر مجبور ہو جاؤں گا۔ میں نے اس سے بیٹا مانگا تھا۔ بیٹی لے کر کیا کروں گا۔" اتنا کہہ کر آپ تیز تیز قدموں سے باہر چلے گئے۔ آپ کے قدموں کو چاپ میں بھول نہیں پائی۔ دل کی دھڑکن بن کر وہ آج بھی میرے قریب ہے۔

اس رات آپ غائب ہو گئے ہم سب کو اکیلا چھوڑ کر میں سمجھ بھی نہ سکی کہ میری دنیا کا سورج غروب ہو چکا تھا۔ ایک اکیلا چاند مجھے کب تک سنبھال سکتا کبھی تو مجھے اجالوں کی آرزو ہوتی۔

پپا ——— ماں اور باپ تو ندی کے دو کنارے ہوتے ہیں لہریں انہی کناروں کو چھوتی ہیں، اور پھر ندی میں ڈوبتی ابھرتی ہیں۔ میں کتنی بدنصیب ہوں کنارے مجھے چھوڑ گئے

ممی کی آنکھیں مسلسل برس رہی تھیں جیسے سارا ساون یہیں آگیا ہو وہ جب بھی میرے پالنے کے پاس آتیں مجھے حسرت سے دیکھتیں اور کہتیں۔

"تو بدنصیب ہے مجھ سے زیادہ ———" اس کے بعد ان کے الفاظ آنسوؤں میں ڈوب جاتے۔ میں انگوٹھا چوستی ہوئی سوچتی رہی۔ یہ سب کیا ہے ——— کیا دنیا ایسی بھی ہوتی ہے۔ جہاں آبادی کے باوجود ویرانے کا گمان ہوتا ہے۔ معصوم کلیاں شبنم کے موتی دامن میں چھپانے کے باوجود بدنصیب کہلاتی ہیں۔

آپ نے گھر چھوڑا، شہر چھوڑا۔ اور رات کی تاریکی کی نذر ہو گئے۔ میں نے پڑھا ہے کہ گوتم من کی شانتی کے لئے پونر آتما کی تلاش کے لئے راتوں رات اپنی بیوی اور بچے کو چھوڑ کر چلے گئے۔ لیکن آپ

آپ تو دھن کے گوتم نکلے۔ دھن کے لئے گھر بار چھوڑا۔ رشتے

توڑے ـــــــــ۔"

معاف کیجئے گا میں بہکنے لگی ہوں۔ اس رات ممی رو رو کر اپنے بابا سے کہہ رہی تھیں۔

ابا جان۔ میں ایسی ہی بوجھ ہو چلی تھی تو مجھے کنویں میں ڈال دیا ہوتا۔ یوں روز روز کے مرنے سے تو ایک دن کا مرنا بہتر ہوتا۔ یا پھر کسی فقیر کے پلے ہی بندھوا دیتے مجھے۔ کیوں اپنی نظر کی حد سے آگے دیکھا آپ نے جب مانگ پوری نہ کر سکتے تھے تو وعدے کیوں کئے۔ میری زندگی تو خیر گذر ہی گئی مگر میرے بعد اسے کون سنبھالے گا۔ کون تھامے گا اس کا ہاتھ۔ ـــــــــ"

انھوں نے میری جانب اشارہ کرتے ہوئے کہا۔

میں نے پاؤں پاؤں چلنا سیکھ لیا تھا۔ کبھی گرتی کبھی سنبھلتی ممی کے پاس پہونچی۔ ان کے بہتے ہوئے آنسوؤں پر ہاتھ پھیرا۔ جب میری انگلیاں گیلی محسوس ہوئیں تو میں کھلکھلا کر ہنس پڑی اور تالیاں بجانے لگی۔

ممی نے مجھے عجیب نظروں سے دیکھا۔ بھیگی پلکوں میں ان کی مخمور آنکھیں ایسے لگیں جیسے پہلی بارش میں دھلی ہوئی گلاب کی سرخ کلی۔

"میری بچی ـــــ ان کی ڈوبتی ابھرتی آواز میں نے سنی۔" میں زندہ رہوں گی۔ تیرے لئے صرف تیرے لئے۔ انھوں نے مجھے بھینچ لیا۔ میں نے ان کے سینے پر رکھا اپنا سر اٹھایا اور ان کو دیکھ کر ہنسنے لگی۔ مجھے غم کی یہ ادا بہت پسند آئی۔ کاش میں جان سکتی کہ یہ غم ان کو کس نے دیا تھا ـــــ؟

دیر تک میں ان کے گالوں کو سہلاتی رہی۔ میرے ہاتھ گیلے ہوتے رہے یوں لگا جیسے میں نے کسی پانی سے بھرے ٹب میں اپنی انگلیاں ڈال رکھی ہوں اس دن میں پورے چار برس۔ چار ماہ اور چار دن کی ہوگئی کہنے کو یہ

صرف چار سال تھے مگر شاید ممی کے لئے چار صدیاں ـــــــ میرے ہاتھوں میں مہندی لگی تھی مجھے جھلملاتا جوڑا پہنایا گیا تھا۔ ممی الماری کے قریب ٹھہری ہوئی تھیں۔ ان کی سسکیاں فضا کو مرتعش کر رہی تھیں۔ میں نہ جانے کیا سوچ کر ان سے لپٹ گئی کوئی چیز ان کے ہاتھوں سے چھوٹ کر نیچے گر گئی اور "چھن" کی آواز پر میں نے چونک کر دیکھا۔ یہ ایک تصویر تھی جس کا فریم ٹوٹ چکا تھا۔

"ممی۔ یہ کون ہے ـــــــ" میں نے تصویر پر انگلی رکھ کر پوچھا

"یہ تیرے پاپا ہیں ـــــــ" ممی نے کانچ کے ٹکڑے سمیٹتے ہوئے کہا ـــــــ "پاپا کسے کہتے ہیں ممی ـــــــ" ایک معصوم سا سوال میں نے کیا

"جیسے میرے بابا ہیں "

تو پھر وہ۔ مجھے اپنے پاس کیوں نہیں بلاتے۔ پیار کیوں نہیں کرتے۔ میں نے منہ بسورنا شروع کیا۔

"نہیں بیٹا ایسا نہیں کہتے۔ دیکھو میں تمہیں کتنا پیار کرتا ہوں۔"

بابا نے مجھے گود میں اٹھا لیا۔ میں نے دیکھا وہ رو رہے تھے، ممی سسک رہی تھیں۔ میں نے معصوم نظروں سے ان دونوں کو دیکھا اور یہ خیال کیا کہ شاید میں نے کھولتا ہوا تیل ان پر ڈال دیا ہو یا پھر کوئی سلگتی لکڑی داغ دی ہے ـــــــ معصوم جو تھی اور کیا سمجھتی اس کے سوا۔

مجھے کیا پتہ تھا کہ ممی سرخ دوپٹے میں آنسوؤں کی سوغات ہی لے کر آئی ہیں اور میں پیدا ہوتے ہی ان آنسوؤں کے موتی چننے لگی ہوں۔

"یہ بدنصیبی کس کی ہے پاپا ـــــــ"

وقت کی بوندیں لمحہ لمحہ کر کے ٹپک رہی تھیں، موسم بیتتے رہے گرمیوں کی دھوپ نے جھلسایا تو سردیوں کی ٹھنڈک نے ٹھٹھرا دیا۔ بارش نے

ہمارے اثاثے کو لوٹ لیا ۔ اس رات طوفانی بارش تھی ۔ ہمارا بوسیدہ مکان دھماکہ کے ساتھ گر پڑا ۔ میں اور ممی تو بچ نکلے مگر بابا نیند کے ساتھ موت کے گلے مل گئے زمانے اور وقت کی ٹھوکر کھانے کے لئے میں اور ممی رہ گئے ۔ میں اپنی عمر کی بارہویں منزل ختم کرنے ہی والی تھی ۔ اس حادثے نے ممی کو دہلا دیا اور مجھے سہما دیا ۔

میرا شعور احساس کی گھاٹیوں سے گذر رہا تھا ۔ میرا معصوم بچپن ماضی کے حادثوں سے بوڑھی جوانی میں بدلنے لگا تھا ۔ میں محسوس کر رہی تھی کہ اب میں انگوٹھا چوسنے والی، گڑیوں سے کھیلنے والی ۔ آنسو کو پانی سمجھنے والی ننھی شادماں نہیں بلکہ زندگی کے تلخ تجربات کو سمجھنے اور پرکھنے والی سیانی لڑکی ہوں ۔ میرے دل نے اب مجھ سے باتیں شروع کر دی تھیں ۔ رہ رہ کے مجھے وہ آپ کی یاد دلواتا میں نے کان بند کر لئے مگر اس کی دھڑکن بند نہ ہوئی ۔ اور ایک بار مجبور ہو کر میں نے ممی سے پوچھ لیا ۔

"ممی ـــــ زندگی کی یہ ناؤ کب تک یونہی طوفان میں ہچکولے کھاتی رہے گی کیا اس کو کبھی کنارہ ملے گا یا نہیں ـــ ـــ"

بڑی باتیں کرنے لگی ہے اتنی عقل کہاں سے آگئی تجھ میں ـــــ"

وہ کپڑے سیتے ہوئے کہہ رہی تھیں ۔ لائٹ کی دھیمی دھیمی روشنی تھی، ان کی آنکھوں پر چشمہ چڑھا تھا ۔ رات کے دس بج چکے تھے اور وہ آرڈر پر اپنا کام مکمل کر رہی تھی ۔ میں نے دیکھا ان کی آنکھوں کے سرخ ڈورے اب سفیدی میں بدلتے جا رہے ہیں ۔

ممی ـ ـ احساس کا سبق کسی کتاب سے نہیں ملتا ۔ عقل عمر کا تحفہ ہے ۔ کیا زندگی کے گذارے ہوئے لمحے میں بھول گئی ہوں ۔ ان بارہ برسوں سے اپنے پاپا کی صورت کو ترس کر رہ گئی ۔ میرا بچپن اوروں کی طرح باپ کے

نازوں کا پالا نہیں۔ سب یہی جانتے ہیں کہ پاپا بزنس کے لئے آفریقہ میں رہتے ہیں اور تین چار سال میں ایک بار یہاں آجاتے ہیں۔ آپ نے تو بات نبھادی۔ مگر میں یہ جھوٹ کیسے برداشت کرلوں۔ اپنی عمر کی ایک ایک سیڑھی پر میں نے آپ کی انگلی تھام کر قدم رکھے ہیں۔" میں نے کتاب بند کردی اور بحث پر اتر آئی۔

"شادماں۔ تجھے ان باتوں سے کیا واسطہ۔ بس ——— تیری شادی ہوجائے۔ مجھے بھی سکون مل جائے گا اور تجھے بھی۔

یہ تھے وہ الفاظ جو ممی نے مجھ سے کہے حالانکہ ——— یہ تو آپ کو کہنے چاہیئے تھے پھر آپ کے خون نے یہ احساس کیوں نہیں دلایا کہ جس گوشت کے ٹکڑے کو آپ سات دن کی عمر میں چھوڑ گئے وہ اب سترہ برس کے ایک مجسمے میں ڈھل کر وقت کی دہلیز پر کھڑی آپ کی راہ تک رہی ہے۔

کاش آپ کا دل میرے لئے ایک بار دھڑکتا۔ کاش کبھی آپ اپنے آنگن میں کھلے گلاب کی خوشبو کو محسوس کرسکتے۔

ممی کا جواب سن کر غیر ارادی طور پر میرے منہ سے نکل گیا۔

"ہر لڑکی سسرال جاتے ہوئے بابل کی دعائیں لیتی جاتی ہے۔ میری قسمت میں دعا ہی نہ ہو تو سکون کہاں ملے گا۔" میرے اس جملے پر وہ چونک گئیں سوئی ان کی انگلی میں چبھ گئی۔ خون بہتا دیکھ کر میں نے جلدی دوپٹے سے ان کی انگلی صاف کی۔

"تو نے اس زخم کو تو دیکھ لیا۔ مگر میرے دل کا وہ گھاؤ جو آج سترہ برس سے رس رہا ہے اسے کون مندمل کرے گا۔" اور پھر ان کی آنکھوں سے تسبیح کے دانے ٹوٹ کر بکھر گئے۔ ٹپا ٹپ کئی آنسو ان کے دامن میں گر پڑے، میں نے اس دامن کو آنکھوں سے لگالیا۔

"ممی مجھے معاف کر دو ۔ میں نے آپ کو دکھ پہونچایا ــــــ"
میں ان کے سینے سے لگ گئی ۔

"شادماں ۔ جس دن تیرے ہاتھ مہندی لگے گی ۔ تیری مانگ افشاں سے جگمگائے گی اس روز تیرے پاپا ضرور آئیں گے میں تجھے ان کا پتہ دوں گی"
ممی نے میرے سر پر ہاتھ پھیر کر کہا ۔

پاپا ــــــ کتنے پتھر دل ہیں آپ ــــــ ایک بار بھی میری خبر نہ لی ۔ کیا چمن کا باغباں کلیوں کو گل چیں کے ہاتھوں مسلے جانے کے لئے ایسے ہی چھوڑ جاتا ہے ۔

ممی آپ کے بارے میں سب کچھ جانتی ہیں ۔ ایک بار انہوں نے خط بھی لکھا تھا مگر آپ نے جواب دیا میرے لئے سب مر چکے ہیں ۔

کیا واقعی شادماں آپ کے لئے مر چکی ہے پاپا ــــــ جس ننھی سی جان کو ممی نے محنت کر کے پالا بڑھا کیا ۔ اس کی خاطر ہر امتحان سے گذریں اور کبھی بھولے سے ماتھے پر بل نہ لایا ۔ ایسی محنت سے سینچے ہوئے پودے کے لئے آپ نے کہا کہ وہ مرجھا گیا ہے اس کا کوئی وجود نہیں ۔ ممی یہ برداشت نہ کر سکیں اور پھر انھوں نے دوسرا خط نہ لکھا ۔

پاپا ــــــ دنیا میں خوش نصیب تو ماں باپ کے سہارے جیتے ہیں مگر مجھ جنم جلی کے حصے میں محرومیاں ہی آئیں ۔ آپ ہمیں اس سنگلاخ وادی میں سر پھوڑنے کے لئے تنہا چھوڑ گئے اور خود نہ جانے کیسے اتنے بڑے آدمی ہو گئے ۔ آپ دولت کے پجاری تھے روپیہ آپ کا ایمان تھا ۔ میں نے سنا کہ آپ نے ایک رئیس کی اکلوتی لڑکی سے جو دل کی مریضہ تھی شادی کر لی اور اس کے مرنے کے بعد ایک بہت بڑی کمپنی کے مالک ہو گئے ۔

"سچ کہنا پاپا ــــــ ان سترہ برسوں میں آپ نے سچی مسرت کبھی حاصل کی۔ نہیں پاپا ــــــ چاندی کی دیواریں، سونے کے چھت شاید خوشیاں دے سکتے ہوں مگر روح کی تسکین یہاں نہیں ملتی۔ یہ تو پیار و محبت کی بستی میں ملتی ہے مگر آپ کو پیار نہیں پیسہ چاہیئے تھا نا! ورنہ ممی کی اداس آنکھیں اور میری کلکاریاں آپ کو کبھی کا روک لیتیں۔

مجھے یاد ہے ایک بار میری سہیلیاں میرے گھر آئیں ممی سے مل کر وہ بہت خوش ہوئیں۔ اور مجھ سے پوچھا۔

شادماں۔ تیری ممی کتنی پیاری ہیں، تجھ سے بہت پیار کرتی ہیں نا تیرے پاپا بھی تو تجھ سے پیار کرتے ہوں گے پھر وہ اتنی دور کیوں ہیں ــــــ" ممی کے ہاتھ سے گلاس چھوٹ گیا۔

"ان کا بزنس ہی ایسا ہے۔ ورنہ سارا کاروبار بگڑ جاتا ہے۔ اپنی بیٹی سے ملنے تو وہ سال میں ایک بار کسی صورت آ ہی جاتے ہیں ــــــ کیوں شادماں ــــــ؟" انہوں نے میری جانب ایسی نظروں سے دیکھا، جن میں کرب ہی کرب تھا۔

"ہاں ہاں ــــــ ممی ٹھیک کہتی ہیں"۔ میں نے زبردستی گردن ہلا دی۔ اپنی سہیلیوں کے رخصت ہونے کے بعد میں نے ان سے پوچھ لیا۔

"آپ نے جھوٹ کیوں کہا؟ کب تک ہم ایسے ہی تسلیوں سے جیتے رہیں گے۔"

بس کچھ دن اور ــــــ" وہ ٹھنڈی سانس بھر کر بولیں۔

اور کتنے دن ــــــ؟ ساری عمر تو آپ نے سجدوں میں گذار دی لیکن پیشانی پر داغ بھی نہیں آیا۔ یہ قصور آپ کے سجدوں کا نہیں

اس سجدہ گاہ کا ہے جہاں آپ کی یہ پیشانی جھکتی ہے۔"
گستاخی معاف ـــ ـــ میں نے آپ کی تصویر کی جانب انگلی اٹھادی۔

تو ناسمجھ ہے پگلی ـــــ بھلا داغ کے لئے کوئی سجدہ کرتا ہے
اگر ایسا ہے تو پھر یہ ریاکاری ہے۔

"فریب ہے عبادت نہیں ـــــ" وہ ہنس کر بولیں۔
دیکھا پاپا ـــــ کتنی چاہت، کتنا پیار اور کتنی محبت ہے ان کو آپ سے۔

کاش آپ کے سینے میں پتھر کی جگہ دل دھڑک سکتا۔ لیکن اس میں آپ کا کیا قصور جہاں چاروں طرف دولت کا گہرا سمندر ہو بھلا اس کو پار کرکے کوئی کہاں سے کنارے تک پہونچے گا۔

آج ممی بڑی خوش ہیں۔ آج میری اٹھارویں سالگرہ منائی جارہی ہے۔ انہوں نے ایک خوبصورت لاکٹ سب کے روبرو میرے حوالے کیا اور کہا کہ یہ آپ کا تحفہ ہے میں نے چونک کر ان کو دیکھا وہ کچھ ایسی ادا سے مسکرائیں کہ میری آنکھوں کے سوتے چشمے ابل پڑے۔ انہوں نے مجھے گلے لگا لیا۔ میرا سر سہلاتی ہوئی وہ کہنے لگیں۔

"شادماں ـــــ اب چند ہی دن میں تو پرائی ہوجائے گی۔ میری محنت کا ثمر مجھے مل جائے گا۔ میری مایوس نگاہیں تیرے چہرے پر سہرے کی لڑیاں دیکھنے بے تاب ہیں۔"

"ممی ـــــ" مجھے یوں لگا جیسے کسی بچھو نے ڈنک مار دیا ہو۔ ـــــ "نہیں ـــــ میں آپ کو چھوڑکر کہیں نہیں جاؤں گی۔"

میں ان سے لپٹ گئی، ایسے ہی جیسے کوئی بیل کسی تناور درخت کو سہارا سمجھ کر لپٹ جاتی ہو۔

" پگلی ـــــ لڑکی تو پرایا دھن ہوتی ہے۔ میں کب تک امانت کو سنبھال کر رکھوں گی۔" انہوں نے میرے گال تھپتھپائے۔ مجھے جیسے کوئی بھولی بسری بات یاد آگئی۔

" ممی ـــــ آپ اور پاپا مل کر ہی مجھے وداع کریں گے نا!"

جیسے صحرا میں پپیہا پکار اٹھے۔ میں نے کہہ دیا۔

" ہاں ضرور۔ وہ بھی آئیں گے تجھے رخصت کرنے۔ اب میں تجھے مایوس نہیں کروں گی۔ بڑی دیر صبر سے برداشت کرتی رہی۔ میری جنگ کا یہ آخری مرحلہ ہے۔ یہ لے اپنے بابا کا ایڈریس۔" ممی نے میرے ہاتھ ایک وزیٹنگ کارڈ تھما دیا۔ یہ آپ کا نام تھا۔

آپ جو ایک دولت مند انسان ہیں۔ مون ملز کے تنہا حقدار، شہر کی ایک معزز شخصیت سوسائٹی کے ایک باوقار سماجی کارکن۔ کاش ان سب کے علاوہ آپ ایک شفیق باپ ہوتے۔

میں نے ممی کے دیئے ہوئے ایڈریس پر ہی یہ خط لکھا ہے۔

مجھے یاد ہے ممی نے قلم میرے ہاتھ میں تھما کر کہا تھا۔

" تیری تحریر ایسی ہو کہ پتھر پگھل جائے، لوہا موم ہو جائے، آگ پانی بن جائے اور خون کو جوش آجائے۔"

میں نے کوشش تو کی ہے پتہ نہیں اس میں کس حد تک کامیاب ہو سکی ہوں۔

ویسے یہ سچ ہے کہ میرے اشہب قلم نے کہیں کہیں بڑی برق

رفتاری دکھادی اور گستاخیوں کے میدان میں آگیا۔ پھر بھی التماس ہے کہ اسے نظرانداز کردیں۔ یہ ایک ناز ہے جو اپنے آپ کو روک نہ سکی۔ آج دل قابو میں نہیں رہا۔ خون نے سیاہی کا روپ لے لیا۔ انگلیاں قلم بن گئیں اور درد الفاظ میں ڈھل گیا۔

مجھے معاف کردیں اس یقین کے ساتھ صبح کے اجالوں اور شام کے دھندلکوں میں دہلیز میں بیٹھی انتظار کر رہی ہوں کہ آپ ضرور آئیں گے اپنی شادماں کو وداع کرنے

آپ کی

شادماں

خط ختم کرتے ہی ممتاز احمد کی آنکھیں چھلک چھلک کر آنسوؤں کے دائرے تحریر کو مٹانے لگے۔ اور ان کے ذہن پر نقش بن بن کر بگڑنے لگے انہوں نے دستی سے چہرہ ڈھانپ لیا۔ زندگی میں پہلی بار وہ کسی بچے کی طرح بلک کر رو پڑے۔ دل کا غبار چھٹ گیا تو وہ اٹھ کھڑے ہوئے یوں لگا جیسے بارش کے خوب برس جانے کے بعد دھوپ کھل کر بکھر گئی ہو۔

انہوں نے کار نکالنے کا حکم دیا۔ خط پر دوبارہ نظر ڈالی تو اس پر ۲ر جنوری کی تاریخ پڑی تھی اور آج ۸ر فروری تھی۔ ان کے دل میں کچھ عجیب سے شکوک پیدا ہوئے۔ انہوں نے تیزی سے چشمہ چڑھایا۔ چھڑی ہاتھ میں سنبھالی اور کار میں جا بیٹھے۔ ڈرائیور کو چندن نگر چلنے کا حکم دیا۔ کار فراٹے بھرتی ہوئی چلی جارہی تھی اور وہ ماضی کے کھنڈروں میں بیتے لمحے تلاش کر رہے تھے۔

چند گھنٹوں کی مسافت کے بعد وہ چندن نگر پہونچے۔ آج پورے اٹھارہ برس بعد وہ یہاں آئے تھے۔ ہر چیز بدلی بدلی سی نظر آنے لگی۔ گھر کا پتہ

پوچھتے پوچھتے ایک گھنٹہ گذر گیا۔ اتنے میں پاس سے گذرتے ہوئے ایک بوڑھے آدمی نے انہیں دیکھا اور پھر کہہ اٹھا۔

ارے ..... تم ممتاز تو نہیں ـــــــ"

مم ..... میں .... جی ہاں میں ممتاز ہی ہوں۔ وہ بوکھلا گئے۔

بڑی دیر کی مہرباں آتے آتے ـــــــ" بوڑھے شخص نے اپنا جھریوں بھرا چہرہ قریب لے جا کر کہا۔

ارے ـــــــ دیال کاکا، تم ہو۔ میں تو بھول ہی گیا۔ انہوں نے معذرت چاہی۔

"بھول جانا ہی تو تمہارا دھرم ہے بیٹا۔" دیال کاکا کے منہ سے الفاظ یوں نکلے جیسے پستول سے گولی۔

"کاکا میں اپنی غلطی پر نادم ہوں مگر ـــــــ مگر یہ بتائیے کہ میری بیٹی شادماں کہاں ہے؟"

ممتاز احمد نے اپنے ہاتھ جوڑ دیئے۔ دولت کو سمیٹنے والے ہاتھ آج آنسوؤں سے دل کی کھیتی سیراب کرتے ہوئے عقیدت سے اٹھ گئے۔

"ہونہہ ـــــــ بیٹی ـــــــ اس رشتے کا احساس کیسے جاگا تمہارے من میں۔"

وہ میری بھول تھی۔ آج میں جان گیا ہوں کہ میں ایک باپ ہوں۔ خدا کے لئے مجھے ان کے پاس لے چلئے۔ ممتاز احمد کی سراسیمگی بڑھتی جا رہی تھی۔ طوفان میں ہچکولے کھاتی وہ ناؤ ڈوب جاتی تو اچھا تھا۔ مگر افسوس ـــــــ کنارے نے بے وفائی کی۔ ایک کبھی نہ ختم ہونے والا انتظار، ایک جھوٹی تسلی۔

ایک مایوس امید ـــــ بھی تو رہ گیا تھا اس کے پاس ـــــ" کاکا کی آنکھوں میں آنسو بھر آئے۔

کاکا۔ پہیلیاں نہ بجھواؤ۔ بتاؤ وہ کہاں ہے ـــــ"

ممتاز احمد قریب قریب رو پڑے۔

وہ ایسی راہ پر چل پڑے ہیں جہاں سے کوئی واپس نہیں آسکتا۔ عمر بھر کی۔ بے قراری کو قرار مل گیا۔ میں نے ہی وہ خط تمہیں پوسٹ کیا تھا ایک ماہ پہلے کاش تم نے وقت کی قدر کی ہوتی۔ بس یہی ایک آخری پرچہ تھا جو اس کے ہتھیلی میں رکھا ہوا تھا لو دیکھو ـــــ" دیال کاکا نے ایک کاغذ ان کے حوالے کر دیا۔ بھیگی آنکھوں سے تحریر پڑھی جانے لگی۔

طوفان ہی گر ڈبوتا تو اتنا غم نہ ہوتا
کنارے آکے ڈوبا ہوں، کنارے بے وفا نکلے

انتظار، آس اور تسلی کے صلیب پر آخر کار میں نے پھانسی لے لی۔ میری موت اٹھارہ برس پہلے ہی ہو چکی تھی۔ میرا وجود اٹھارہ برس پہلے ختم ہو چکا تھا۔

میری ماں ـــــ آئینے کی طرح صاف، موتی کی طرح شفاف مگر زمانے نے اس کے اجلے دامن کو داغدار کیا۔ میرا رشتہ ٹوٹا۔ میری ماں کی تپسیا ختم ہو گئی۔ مجھے اس لئے قبول نہیں کیا گیا کہ میرا باپ بدچلنی کی وجہ سے میری ماں کو اور مجھے چھوڑ کر چلا گیا۔

کیا یہ سچ ہے ـــــ میری ماں، جس نے عزت اور وفا کو اپنی زندگی میں شامل کر لیا تھا۔ محض اس لئے بدکردار قرار دی گئی کہ اس کے شوہر نے اسے چھوڑ دیا۔ دکھوں کی دلدل میں پھنسا ہوا میری ماں کا دل کانچ کے شیشے کی طرح ٹوٹ کر ریزہ ریزہ ہو گیا۔ ہم نے سب کچھ سہہ لیا مگر اس گھناؤنے

الزام کے بعد سانس لینا بھی دشوار ہو گیا ۔ ہم اپنی مرضی سے اپنے ناکردہ گناہ کی سزا قبول کر رہے ہیں۔ ہماری موت کا کوئی ذمہ دار نہیں ـــــ ـــ شاید کوئی ہو بھی۔"

اس کے آگے کچھ بھی نہیں تھا۔ اور حقیقت بھی تو یہی تھی۔ ممتاز احمد خود فراموشی کے عالم میں اس کاغذ کو تکتے رہے۔ انہیں کب کار میں بٹھایا گیا۔ وہ کب شہر پہونچے اس کا انہیں کچھ ہوش نہیں تھا۔

دوسرے دن اخبار میں جلی حروف میں لکھا تھا۔

"شہر کے مشہور و معروف رئیس جناب ممتاز احمد کا اچانک انتقال وہ صبح اپنے رائیٹنگ ٹیبل پر مردہ پائے گئے۔ ڈاکٹروں کے بیان کے مطابق ان کی موت حرکت قلب بند ہونے سے واقع ہوئی۔

انہوں نے اپنی ساری جائیداد، ملز، روپیہ، پیسہ، شہر کے یتیم خانوں اور رسکیو ہوم کے نام لکھ دیا۔ واضح رہے کہ اس عظیم صنعت کار اور سماجی رہنما کو کوئی اولاد نہ تھی۔"

# یہ بتا چارہ گر.....

دن کا اُجالا سرمئی اندھیرے میں بدلنے لگا تھا۔ سڑک پر ٹرافک کچھ زیادہ ہی ہوگئی تھی۔ سبھی اپنے اپنے ٹھکانوں کی طرف رواں تھے۔ بسوں، کاروں، آٹو رکشاؤں اور اسکوٹروں کا قافلہ تھا کہ رُکنے کا نام ہی نہ لیتا۔ دینو بہت بڑی دیر سے روڈ کراس کرنے کے لئے بے چین تھا۔ بس کچھ دن ہی تو ہوئے تھے اسے شہر آئے۔ وہ بھلا کیا جانے یہاں کی ٹرافک کے اصول۔ بے چارہ سیدھا سادھا بھولا بھالا دیہاتی معصوم سا لڑکا جس کے ہونٹ ہمہ وقت متبسم نظر آتے، پتہ نہیں وہ اپنی ذات سے مسرور تھا یا پھر زمانے کے نشیب و فراز کی ہنسی اڑاتا۔ بہرکیف مسکراہٹ اس کی شخصیت کا خاص حصہ تھی۔ غم روزگار نے گاؤں کے خاموش ماحول سے اٹھا کر اسے شہر کی گہما گہمی کے ساگر میں ڈال دیا۔ وہ حیران و پریشاں سرگرداں تلاشِ روزگار میں مارا مارا پھر رہا تھا۔ رات کو کسی فٹ پاتھ یا دوکان کے سائبان میں پناہ مل جاتی مگر دن کا سارا وقت سڑکیں ناپنے میں ہی کٹتا۔ اونچی اونچی عمارتیں، کشادہ سڑکیں، آنکھوں کو چبھ جانے والی روشنیاں۔ اس ماحول میں وہ خود کو کسی طلسماتی کہانی کا ہیرو سمجھ رہا تھا۔

ٹرافک سگنل کے پاس سرخ رنگ کے جلتے ہوئے بلب کو اس نے غور سے دیکھا، یہ تو رما کے ہونٹوں کی سرخی چرا لایا تھا۔ ایک پل کو

وہ اپنے گاؤں کے ماحول میں چلا گیا۔ کھنکھناتی ہنسی، پائل کی چھم چھم، چوڑیوں کے جل ترنگ وہ پنگھٹ کے قریب درخت سے ٹیک لگائے رمّا ہی کا تو انتظار کر رہا تھا دفعتاً کسی نے اس کی آنکھیں پیچھے سے موندلیں۔ اس نے ٹٹول کر دیکھ لیا۔

"رمّا ——" وہ گنگنا اٹھا۔ ایک نقروی ہنسی فضا کو معطر کر گئی۔

"میں کب سے راہ تک رہا ہوں اور تو اتنی دیر بعد آئی۔"

"ہائے دیّا بڑا تھک گیا تو تو۔ تجھے تو یونہی راہ دیکھنی پڑے گی میری۔" اس نے اٹھلا کر کہا۔

"اے پگلی۔ —— بیکار کی باتیں نہ کر۔ بس اگلے بسنت کو تیرے ہاتھوں کے لئے مہندی لے کر ہی آؤں گا۔"

"اونہہ —— بڑا آیا مہندی والا، جیب میں تو چار پیسے نہیں اور سپنے دیکھتا ہے بدھو۔"

وہ تو چلی گئی، مگر دینو کے دل میں جیسے پھانس چبھ گئی۔ ایک لاوا اس کے کانوں میں انڈیل دیا گیا۔

"باپو ——" اس نے کھاٹ پر لیٹے بوڑھے پتا کے قریب جا کر کہا۔

"کیا بات ہے رے ——" اس کا باپ اٹھ گیا۔ "بڑا گھبیر دکھائی دے رہا ہے۔"

"سارا دن بھوکا پھرتا ہے نا روٹی کھائی نہیں اس لئے تو منہ اتر سا گیا ہے۔" ماں نے اس کے ماتھے پر آئے پسینے کو اپنے پلو سے صاف

کرتے ہوئے کہا۔

"باپو ـــــ ہم ..... ہم ..... میں" وہ جانے کیوں

جھجک رہا تھا۔

"ہاں ہاں بول دینو کیا بات ہے۔"

"باپو ـــــ میں شہر جاؤں گا۔" جیسے آتش فشاں پھوٹ پڑا۔

"ہائے رام شہر جائے گا۔ بھلا کیوں ـــــ؟" اس کی

بوڑھی ماں کا دل جیسے بسمل پرندے کی طرح پھڑپھڑانے لگا۔

"کیوں بیٹا ـــــ یہاں کیا کمی ہو گئی ہے گائے بھینس

ہے کھیت، کھلیان ہیں۔ بھلا وہاں کیا رکھا ہے۔"

"گائے بھینس، کھیت کھلیان ـــــ باپو جیون بنانے کیلئے

بس اتنا ہی کافی ہے کیا ـــــ؟"

"تو اور کیا چاہیئے تجھے ـــــ ماں نے سوال کیا۔

"کل کو بیاہ ہوگا۔ وہ آئے گی تو اس کے سپنے بھی ساتھ ہوں گے

میں کیسے اس کے سپنے پورے کروں گا۔ کہاں سے لاؤں گا وہ تمام چیزیں۔"

"دینو ـــــ تجھے کیا ہو گیا بیٹا۔ تو اتنی بڑی بڑی باتیں کب

سے سوچنے لگا ہے۔" ماں نے پیار سے اس کے سر پر ہاتھ پھیرا۔

"ماں ـــــ تجھے کچھ پتہ نہیں۔ آج دنیا کہاں سے کہاں چلی گئی

اور ہم ـــــ بس وہیں کے وہیں رہے۔ دودھ دوہنا، ہل چلانا اور

بس ـــــ"

"بیٹا۔ پیٹ کی آگ تو روٹی ہی سے بجھتی ہے۔ اتنا تو بھگوان

نے دیا ہے ہم کو۔"

"باپو۔ تم سمجھتے کیوں نہیں، ضرورت صرف پیٹ کی ہی نہیں ہوتی۔ تن کو اچھے کپڑے چاہیئے۔ آرام کے لئے نرم بستر چاہیئے۔ رہنے کے لئے بڑا سا گھر چاہیئے اپنی اچھائیں پوری کرنے پیسے چاہیئے۔

"اوہ تو اب تیرے من میں آشائیں بھی جاگ اٹھی ہیں۔"

"آشا تو ہر انسان کے من میں ہوتی ہے باپو۔ میں بھی اس کا پجاری ہوں۔ بھلا کب تک اسے لوریاں دے کر سلاتا رہوں۔" اس کی آنکھیں ڈبڈبانے لگیں۔

تو اپنا من میلا نہ کر دینو ـــــ تو چاہے تو سہر چلا جا۔ کوئی کام دھندہ کر کے اتنا پیسہ جمع کر لے کہ تیری ساری آشائیں پوری ہو جائیں"۔ اس کے باپ نے اسے تسلی دی۔

"تو سچ کہتا ہے بیٹا۔ تھوڑی سی زمین، یہ چوپائے، ہم بھلا اس سے تیری آشائیں کیسے پوری کریں گے۔" ماں کا لہجہ مایوسی میں بدل گیا۔

نہیں ماں ـــــ ایسا نہ کہہ، اداس مت ہو، میں شہر جا کر اتنا کماؤں گا کہ تیری عمر بھر کی محنت سپھل ہو جائے گی۔ تجھے اتنا آرام دوں گا کہ تو راج کرے گی۔ باپو کو اتنا سکھ دوں گا کہ وہ اپنی جیون بھر کی بپتا کو بھول جائیں گے۔ بس تم لوگوں کا آشیرواد چاہیئے مجھے۔" اس کا سر دونوں کے چرنوں میں جھک گیا اور وہ شہر چلا آیا۔

شہر ـــــ روشنیوں سے جگمگاتا۔ اونچی اونچی عمارتوں سے مزین، لانبی لانبی کشادہ راستوں سے آراستہ سواریوں کی ریل پیل سے پُر رونق شہر اس کے لئے بڑا عجیب سا لگ رہا تھا پتہ نہیں کیوں وہ یہاں آکر اپنے گاؤں کی نامدش فضاؤں کو بھول گیا تھا۔ فٹ پاتھ

پر کھڑا ٹرافک سگنل کی سرخ روشنی میں جب رما کے ہونٹوں کی سرخی اسے یاد آئی تو وہ ایک بار اپنے گاؤں کے ماحول میں کھو گیا۔

بڑی دیر سے کار کا ہارن بج رہا تھا۔ مسلسل ایک کے بعد ایک ہارن بجنے لگے تھے۔ ان آوازوں پر وہ چونک گیا تب اس نے دیکھا وہ لاریوں بسوں، اور کاروں کے درمیان پھنسا کھڑا تھا۔ اور ایک کانسٹبل اس کا ہاتھ تھامے ٹینک بنڈ پر روڈ کراس کروا رہا تھا۔

"جانے کہاں سے آمرتے ہیں ــــ؟ جنگلی ــــ" کانسٹبل نے غراتے ہوئے کہا۔

"میں مرا نہیں ہوں صاب۔ زندہ ہوں۔" اس نے اپنے گریبان کو درست کرتے ہوئے کہا۔

"میں اگر نہ تھامتا تو یقیناً مر گیا ہوتا۔ مرنے کا شوق ہے تو جا اس میں ڈوب کر اپنی جان دیدے۔" کانسٹبل نے حسین ساگر کی جانب اشارہ کرتے ہوئے اس سے کہا۔ وہ بغور اس جانب دیکھنے لگا، جہاں حسین ساگر کے دامن میں مہاتما بدھ کا دیو قامت مجسمہ رکھا ہوا تھا۔ وہ وہاں پہنچ گیا نظر دوڑائی اور اس کی آنکھیں حیرت سے پھیل گئیں۔ طویل قامت مہاتما بدھ کا مجسمہ ایک بڑی سی ٹرالی پر رکھا ہوا تھا۔ بدھ کے چہرے پر پھیلی ہوئی پرسکون مسکراہٹ اس کا خیر مقدم کر رہی تھی اس کی نظریں عقیدت سے جھک گئیں، اور اس نے بدھا کے پیروں پر اپنا سر جھکا دیا گویا آشیرواد کا طلب گار ہو۔

"ارے بھیا، ہٹو یہاں سے ــــ" کسی نے اس کا شانہ ہلایا اس نے سر اٹھا کر دیکھا۔

"ارے تو ــــ دینو ہے نا!" اس شخص نے اس کے

چہرے پر نظر ڈالتے ہی پوچھا۔

"ہاں ـــــ ہاں ـــــ میں ...... میں دینو ہوں.

آپ ـــــ آپ بدری ناتھ جی ہیں نا!" دینو کو یاد آیا.

"ہاں میں بدری ناتھ ہی ہوں ـــــ تو ـــــ تو یہاں کیسے چلا آیا، اپنے بوڑھے ماں باپ کو چھوڑ کر۔" بدری ناتھ نے پوچھا.

"روپیہ کمانے کے لئے ـــــ سُنا ہے شہر میں گلی کوچوں میں بھی روٹی مل جاتی ہے۔ گاؤں میں کیا رکھا ہے بھلا۔ مکئی کی روٹی، چھاچھ دودھ دہی اور بس ـــــ" دینو نے کچھ اس انداز سے منھ بنا کر کہا گویا اس کے ذائقہ سے بھی اسے نفرت ہو۔ بدری ناتھ قہقہہ لگا کر ہنس پڑے۔

تو تجھے آخر شہر کی کمائی کا لالچ کھینچ کر ہی لایا۔ ٹھیک ہے میں صاحب سے کہہ کر تیرے لئے یہیں کام کا انتظام کروا دیتا ہوں.... بدری ناتھ اسے لے کر کنٹراکٹر کے پاس پہنچے۔

"سر۔ یہ میرے ہی گاؤں کا لڑکا ہے۔ محنتی ہے ہمیں ہیلپرس کی ضرورت ہے اسے کام پر لے سکتے ہیں۔"

"اوکے۔ اگر تم اسے محنتی سمجھتے ہو تو کام سمجھا دینا۔" کنٹراکٹر نے بدری ناتھ کو ہدایت دیدی۔

"سن دینو۔ یہیں پر تجھے کام کرنا ہے۔ ہر ہفتہ اجرت ملا کریگی یومیہ ۳۰ روپے کے حساب سے تجھے دیا جائے گا۔ وہ سامنے دیکھ رہا ہے نا! ایک اونچی سی چٹان جو ساگر میں دکھائی دے رہی ہے۔"

"بس ـــــ مہاتما جی کی اس مورتی کو وہاں بٹھانا ہے۔" بدری ناتھ نے اسے کام کے بارے میں سمجھایا۔ دینو نے دونوں ہاتھ جوڑ دیئے۔

"بدری ناتھ جی میں آپ کا بڑا ابھاری ہوں۔ آپ نے مجھ پر بڑی دَیا کی ہے۔ میں جی جان سے کام کروں گا۔ یہ میرا سوبھاگیہ ہے کہ مجھے یہ پُن کا کام کرنے کا موقع ملا ہے۔ آپ بڑے دیالو ہیں بدری ناتھ جی اب میں ماں اور باپو کو دکھادوں گا کہ شہر کی کمائی کیسی ہوتی ہے۔" اس کا سینہ فخر سے تن گیا وہ انگلیوں پر اپنی اجرت کا حساب کرنے لگا۔

دوسرے ہی دن وہ کام پر لگ گیا۔ کئی انجنیئرس، ٹیکنیشن کنٹراکٹرس، اور بے شمار مزدور اس ٹرالی کے کام کے لئے جٹ گئے تھے۔ مہاتما بدھ کے اس طویل قامت مجسمے کو "راک جبرالٹر" پر نصب کرنا تھا جو ایک بڑا مرحلہ تھا۔ آخر کار ۱۰ مارچ ۱۹۹۰ء کو یہ مجسمہ لوہے کی بنی اُس مضبوط سو پہیوں والی ٹرالی کے ذریعہ "جبرالٹر راک" کی طرف لے جایا جانے لگا۔ مجسمے کے ساتھ انجنیئرس اور ٹیکنیشن کے علاوہ ہلپرس بھی تھے۔ دینو انہی کے ساتھ سوار تھا۔ شہر کی رونق اس سے دوبالا ہونے والی تھی۔ اس عظیم الشان مجسمے کی تیاری سے لے کر اس کے نصب کرنے تک کا ایک بڑا پراجکٹ تھا۔ جس میں نہ صرف ہندوستان بلکہ بیرون ملک کے انجنیئرس بھی حصہ لے رہے تھے۔

۱۰ مارچ ۱۹۹۰ء کا دن، شام میں ڈھلنے کے قریب آرہا تھا۔ شفق کی سرخی پھیل چکی تھی۔ ابھی کنارے سے چند گز کا فاصلہ بھی ٹرالی طئے نہ کر پائی تھی کہ ایک سانحہ عظیم ٹوٹ پڑا۔ ٹرالی کے دائیں جانب وزن کی زیادتی سے مجسمہ پھسل پڑا۔ اور اس کے ساتھ ہی ٹرالی الٹ گئی، جس میں سوار سارے انجنیئرس، ٹیکنیشن اور مزدور بھی پانی میں ڈوب گئے۔ چاروں طرف ہاہا کار مچ گیا۔ شام کی سرخی اندھیرے میں ڈوب گئی۔ سارے شہر میں یہ خبر جنگل کی

آگ کی طرح پھیل گئی۔ حسین ساگر پر لوگوں کا اژدہام تھا۔ ڈوبنے والوں کے رشتہ داروں کی دھاڑیں مار مار کر رونے کی صدائیں فضا کو دہلا رہی تھیں، عجیب ہیبت ناک منظر تھا۔ انسانی سروں کا سمندر چاروں طرف پھیلا ہوا تھا۔ تاریکی اور ہاہا کار یوں لگ رہا تھا جیسے قیامت آگئی ہو۔ کوئی سر پیٹ رہا تھا کوئی بال نوچ رہا تھا۔ کوئی سینہ کوبی کر رہا تھا۔ عجیب دلخراش منظر تھا۔ رات بھر یہی عالم رہا، صبح سویرے چند لاشیں پانی میں تیرتی دکھائی دیں۔ لاشوں کی شناخت کے بعد انھیں ورثہ کے حوالے کیا جا رہا تھا اور جو شناخت نہ ہوسکیں انھیں مردہ خانہ میں رکھوا دیا جا رہا تھا۔ بدری ناتھ کی نگاہیں دینو کو ڈھونڈ رہی تھیں کیونکہ وہ جانتے تھے کہ دینو ہی پہلا آدمی تھا جو ٹرالی میں بڑی عقیدت کے ساتھ سوار ہوا تھا اور اپنے دونوں ہاتھ یوں جوڑے تھے گویا یہ کہنا چاہتا ہو، بس اب آگیا دیجئے ____ مگر دینو کا کوئی پتہ نہ چل سکا۔ دو دن اور گذر گئے ساگر کے پانی میں خون کی سرخی چھلکنے لگی تھی۔ ماحول بڑا بھیانک تھا۔ تعفن اور بدبو کی وجہ سے وہاں ٹھیرنا بھی دشوار تھا۔ رات اور دن لاشوں کی تلاش کا کام جاری تھا۔ ماہر غوطہ خوروں کی خدمات حاصل کی گئی تھیں، ساری کی ساری لاشیں اس قدر مسخ ہوچکی تھیں کہ ان کا پہچاننا بھی مشکل تھا بعض لاشیں تو ایسی بھی تھیں جن کے اعضا مچھلیوں نے کھا لئے تھے۔ حکومت نے مہلوکین کے ورثا کو دس ہزار روپے ایکس گریشیا دینے کا اعلان کر دیا تھا۔ سارا شہر ماتم کناں تھا۔ اپنی ناک پر کپڑا رکھے بدری ناتھ دینو کو تلاش کر رہے تھے۔ چوکڑی والے آسمانی شرٹ میں ایک کچلا ہوا ہاتھ انھیں نظر آیا جس پر ہندی میں" دینو "گدوایا ہوا تھا، اگرچہ چہرہ اس قدر مسخ تھا کہ شناخت ناممکن سی تھی۔ مگر اس نام نے اپنا پتہ خود دے دیا۔ وہ

دوڑے دوڑے بڑے صاحب کے پاس پہونچے۔

"سر ـــ دینو نامی مزدور کی لاش مل گئی ہے میں اس کے بوڑھے ماں باپ کو اس کی اطلاع کر دوں گا۔"

"اسے لاوارث لاشوں کے ساتھ نہ بھیجئے۔" یہ کہہ کر انھوں نے اپنا رومال دینو کے مسخ شدہ چہرے پر ڈال دیا اور ایک سرکاری جیپ کے ذریعہ اس کے گاؤں روانہ ہوئے۔

جیپ سے اتر کر دینو کے گھر جاتے ہوئے ان کے قدم من من کے ہوگئے۔ وہ طئے کر رہے تھے کہ کس طرح اس بات کی اطلاع اس کے ضعیف اور بوڑھے والدین کو دی جائے اسی الجھن میں وہ رما سے الجھ گئے جو گاگر اٹھائے بڑے ناز سے اٹھلاتی چلی آرہی تھی۔

"رام رام صاحب جی ـــ" انھوں نے رما کی آواز پر اپنے ہاتھ جوڑ لئے۔

"آپ ـــ سہر سے آرہے ہیں نا۔ وہاں ـــ دینو ملا تھا آپ سے۔" اس نے اپنے آنچل کو انگلی میں لپیٹے ہوئے پوچھا۔

"ہا ـــ ں ـــ" ان کی سانس لمبی ہوگئی۔

"اس نے کوئی..... سندیسہ بھیجا ہے ـــ" وہ کچھ شرما کر کچھ لجا کر بولی۔

"سندیسہ ـــ ہاں ـــ مگر ـــ مگر تو تو کیا لگتی ہے اس کی۔" بدری ناتھ جی بوکھلائے ہوئے کہہ رہے تھے۔

"وہ ـــ وہ تو میرا ـــ میرا ـــ اور پھر رما نے شرما کر اپنا چہرہ دونوں ہاتھوں سے ڈھانپ لیا۔ بدری ناتھ جی اس کے

قریب پہونچے۔

"تیرا نام رماؔ ہے نا! ــــــ" اس نے اپنے چہرے سے ہاتھ ہٹائے۔

"ہاں ــــــ"

وہ اکثر تیرے بارے میں بتایا کرتا تھا۔ تیرا نام میں نے بہت بار سُنا ــــــ"

"سچ ــــــ" رما کی خوشی دوبالا ہوگئی۔

"رماؔ ــــــ تو اس کی راہ دیکھ رہی ہے ــــــ"

اور نہیں تو کیا ــــــ"

یہاں آ ــــــ میرے نزدیک ــــــ" بدریؔ ناتھ نے اسے پاس بلایا۔ وہ ان کے قریب بیٹھ گئی۔ انھوں نے رماؔ کے چہرے کا جائزہ لیا۔ سانولے اور تیکھے نقوش والی اس لڑکی میں بلا کی جاذبیت تھی۔ خصوصاً اس کی آنکھیں گویا جگ مگ کرتے ہیرے ــــــ یاقوتی لبوں پر ہر وقت ہنسی مچلی رہتی۔ شفاف پیشانی پر چمکتی ہوئی بندیا ــــــ دوسرے ہی پل انھوں نے اس کے ماتھے کی بندیا پونچھ ڈالی۔

اب یہ چوڑیاں بھی توڑ دے ــــــ یہی دینوؔ کا سندیس ہے۔" اتنا کہہ کر وہ تیز تیز قدموں سے آگے بڑھ گئے اور رماؔ ندی کے پانی میں اپنا عکس دیکھنے لگی جو مٹی ہوئی بندیا سے پرایا لگ رہا تھا۔ جیسے کسی ودھوا کا ہو ــــــ ایک چیخ فضا میں بلند ہوئی۔ درختوں پر بیٹھے پرندے گھبرا کر اِدھر اُدھر اڑنے لگے۔

بدریؔ ناتھ دینوؔ کے گھر پہنچ چکے تھے۔

"کاشی رام ـــــ" ان کی آواز جیسے بیٹھ رہی تھی۔

"کون ہے ؟ بوڑھا کاشی رام اپنی لکڑی ٹیکتا۔ جھونپڑی سے باہر نکلا۔ کمزور نگاہوں سے بغور تلاش کر کے پہچان لیا کہ یہ بدری ناتھ ہیں۔

"اوہ آپ ہیں صاحب جی ـــ" آیئے کیسے کشٹ کیا۔ ـــ آج سداما کے گھر کرشن آ گئے ـــ" اس نے کھاٹ ڈالتے ہوئے کہا۔

"اری او دینو کی ماں ..... دیکھ تو کون آیا ہے۔" اس نے اپنی بیوی کو آواز لگائی۔

"کون ہے ـــــ" بڑھیا باہر نکل آئی۔

"رام رام صاحب جی۔ کیسے کرپا کی۔" اس نے ہاتھ جوڑ دیئے۔

"دینو ـــ کہاں ہے ـــ" ان کا دل اپنے اس سوال پر زور زور سے دھڑک رہا تھا۔

"کیا بتائیں صاحب جی۔ وہ تو پیسہ کمانے شہر گیا ہے۔ دو ہفتے گذر گئے کوئی چھٹی بھی نہیں آئی۔ پتہ نہیں کیسا ہے وہ ـــــ" کاشی رام کی آواز رندھ رہی تھی۔

"کتنا سمجھایا پر مانا نہیں ـــــ کہتا تھا سہر میں تو گلی کوچوں میں بھی، کچرے کے ڈھیر میں بھی روٹی مل جاتی ہے۔" اس کی ماں پلو سے آنسو پونچھتی کہہ رہی تھی۔

"میں ـــــ میں تو تم لوگوں کو شہر لے جانے آیا ہوں"۔ بدری ناتھ نے ڈرتے ڈرتے کہہ دیا۔

"سہر کو بھلا ـــــ کیوں ـــــ"؟ کاشی رام نے پوچھا۔

"بات یہ ہے کہ ـــــ دینو نے ـــــ تم لوگوں کے نام کچھ روپے جمع کروایا ہے ـــــ اور وہ ـــــ وہ بس تم ہی کو مل سکتا ہے ۔اسے لینے کے لئے تمہارا شہر جانا ضروری ہے۔" ایک من گھڑت کہانی انھوں نے سنادی۔

"دینو نے ہمارے نام ـــــ روپے جمع کروایا ہے ـــــ!" کاشی رام نے حیرت سے سوال کیا۔

"میں نہ کہتی تھی وہ سہر جاکر تمہارے سارے سپنے پورے کردے گا. کتنا روپے ہوگا صاحب جی۔" اس کی ماں پہلے اپنے پتی سے اور پھر بدری ناتھ سے مخاطب ہوکر کہہ رہی تھی۔

"یہی ـــــ کوئی ...... دس ہزار روپے"۔ بدری ناتھ کے لہجے میں کپکپاہٹ تھی۔

دس ہجار ـــــ". بوڑھے ماں باپ کی زبان سے بے ساختہ نکلا اور پل بھر کے لئے گویا وہ سکتے میں آگئے بدری ناتھ چند لمحوں تک خاموش رہے۔ پھر انھوں نے سکوت توڑا۔

" تو چلئے ـــــ آپ لوگ ـــــ میرے ساتھ سرکاری گاڑی میں۔۔۔"

"ہاں ہاں کیوں نہیں ـــــ کیوں جی۔ دیکھ لیا میرا بیٹا کہتا تھا ناکہ میں سہر جاکر اتنا روپیہ کماؤں گا کہ ماں راج کرے گی اور باپو اپنی ساری بپتا بھول جائیں گے۔ آخر اس نے اپنی بات پوری کر دکھائی۔ ـــــ" دینو کی ماں خوشی خوشی اٹھ کھڑی ہوئی۔ "بس میں تو ابھی آئی ـــــ" اتنا کہہ کر وہ اندر چلی گئی۔

"دس ہجار کی رقم دینو نے بھلا اتنی جلدی کیسے کمائی صاحب۔"
بوڑھے کاشی رام کے من میں وسوسے جاگنے لگے۔
"بھلا کیا کام کرتا ہے وہ ——" کچھ دیر رک کر اس نے پھر کہا۔
"کہیں ایسا تو نہیں کہ وہ پیسہ بے ایمانی سے جمع کر رہا ہے ——"
نا نا —— ایسا نہ کہو ——" بدری ناتھ اس الزام پر لرز کر رہ گئے۔
"تو پھر بتلائیے نا! اتنی رقم اسے کیسے ملی . . . ." کاشی رام کے من کو چین نہ ملا۔
"وہ —— شہر جانے پر —— معلوم ہو گا ——"
اتنا کہہ کر بدری ناتھ جیپ کی طرف بڑھ گئے۔
ویسے میرا دینو اچھا تو ہے نا —— !" کاشی رام کا دل جانے کیوں بوجھل ہو رہا تھا۔
"اچھا ہی ہو گا۔ دیکھو ہمارے بلانے کے لئے سرکاری موٹر بھیجی ہے"
دینو کی ماں اپنی بغل میں ایک گٹھری دبائے چلی آئی۔
"ارے تو تو بس —— گھوڑے پر سوار ہو گئی۔"
"تمہیں کیا پتہ —— دینو کے باپو —— میری تو آنکھیں ترس گئیں اسے دیکھنے۔" ممتا کے اس طوفان میں بدری ناتھ تنکے کی طرح بہہ گئے
"اچھا اچھا اب چل اور جی بھر کے دیکھ لے اپنے لاڈلے کو۔"
کاشی رام جیپ میں سوار ہوتا ہوا کہہ رہا تھا۔ جیپ شہر کے راستے چل پڑی۔
چار بجتے بجتے یہ لوگ شہر پہونچ گئے۔ جیپ سیدھے عثمانیہ

ہسپتال پر رک گئی، تینوں اتر پڑے۔ دینو کی ماں کی آنکھیں حیرت سے پھیل گئیں۔

"اتنے بڑے محل میں رہتا ہے دینو ـــــ دیکھا دینو کے باپو۔ بھگوان کی کیسی لیلا ہے۔" اس کی ماں ہسپتال کی عمارت کو دیکھ کر خوش ہو رہی تھی۔

"رام کی لیلا رام ہی جانے ـــــ" کاشی رام بدری ناتھ کے پیچھے چل پڑا۔ وہ سیدھے مارچری (مردہ خانہ) پہونچے۔ لوگوں کی آہ و بکا، درد انگیز چیخوں سے ماحول لرز رہا تھا۔ ایک پل کے لئے بوڑھے ماں باپ گھبرا گئے۔

"یہ ...... یہ کہاں لے آئے ہو صاحب جی ـــــ" کاشی رام نے پوچھا۔

"یہ ...... یہ مردہ خانہ ہے" ان کی آواز نیم مردہ ہو چکی تھی۔

"مگر مگر آپ ہمیں یہاں کیوں لائے ہیں۔ ـــــ" بوڑھی ماں کے لب لرزنے لگے۔

"تمہارا دینو ـــــ یہیں ملے گا ـــــ" بدری ناتھ نے بم داغ دیا۔ بوڑھی ماں کے ہاتھ سے کپڑوں کی گٹھری چھوٹ گیا اور ضعیف باپ کے ہاتھوں سے اس کی لاٹھی۔

"یہ ـــــ یہ کیا کہہ رہے ہو صاحب ـــــ" بوڑھے کاشی رام نے دھاڑا۔

"ہاں۔ کاشی رام تمہارا دینو یہیں ہے ـــــ دو دن پہلے مہاتما بدھ کی جس ٹرالی پر وہ کام کر رہا تھا وہ پانی میں ڈوب گئی۔ جس میں سیکڑوں مزدور دب کر اور ڈوب کر مر گئے۔ دینو بھی انہی میں سے ایک ہے۔"

نہیں ـــــ نہیں ـــــ نہیں ـــــ " اس کی بوڑھی ماں کی فلک شگاف چیخیں عثمانیہ ہسپتال کے بلند و بالا میناروں سے ٹکرا کر لوٹ آئیں۔

بس ـــــ اس کی لاش کی پہچان کر لو سرکار تمہیں دس ہزار روپے دے دیگی۔ اس حادثہ میں مرنے والے ہر مزدور کے ورثا کو یہ رقم دی جا رہی ہے۔" بدری ناتھ نے پوری وضاحت کر دی۔

"دینو کی لاش کے دام ـــــ دس ہجار ـــــ" کاشی رام منہ ہی منہ میں بڑبڑایا۔

"نہیں کاشی رام ـــــ ایسی بات نہیں۔ حادثے میں مرنے والوں کے رشتہ داروں کو سرکار کی طرف سے ایکس گریشیا دیا جاتا ہے۔ دینو بھی چونکہ ایک حادثے میں گذر چکا ہے۔ اس لئے اس کے ماں باپ کو یہ رقم امداد کے طور پر دی جا رہی ہے۔ بس لاش کی شناخت کر لو اور رقم لے لو"

"چلو ـــــ مجھے دینو کے پاس لے چلو ـــــ" بوڑھی ماں گڑگڑا رہی تھی۔

"چپ ہو جا ـــــ تو یہاں دینو کی لاش لینے آئی ہے ـــ اری پگلی وہ تو زندہ ہے۔"

"دینو کے باپو ـــــ تم ـــــ تم سٹھیا گئے ہو۔ مجھے جانے دو، بس ایک نظر اپنے دینو کو دیکھ لوں۔" وہ جیسے خلا میں کچھ ڈھونڈ رہی تھی۔

"نہیں ـــــ ہمارا دینو سہر آیا ہی نہیں تھا۔ وہ تو وہیں ہے اپنے کھیتوں میں ہل چلا رہا ہے۔"

"شاید اس اچانک صدمے نے اسے پاگل کر دیا ہے ـــــ"

——— بدری ناتھ اپنے کسی ساتھی سے مخاطب تھے۔

"نہیں صاحب ——— میں پاگل نہیں ہوں۔ کیا آپ یہ سمجھتے ہیں کہ بوڑھے ماں باپ کو دس ہجار روپوں کی یہ چادر جیون کا سارا سکھ دے دیگی۔ نہیں صاحب نہیں ——— میرے بڑھاپے کی لاٹھی دینا کا بازو تھا۔ میرے جیون کا سکھ تو دینو کی آنکھوں میں تھا۔ ان روپوں میں نہیں ——— میں میں آپ سے بنتی کرتا ہوں، آپ یہ روپیہ کسی کو دے کر میرا دینو مجھے واپس کر دیں۔ ایک بوڑھے باپ کی آس کو لوٹا دیں۔ ——— اور اگر آپ ایسا نہیں کر سکتے تو پھٹکار ہے ہم پر جو اس کی موت کے نام پر یہ پیسہ ہم لیں۔ چل دینو کی ماں۔" کاشی رام نے اس کا ہاتھ تھام لیا۔

"مگر ——— مگر میرے دینو کو دیکھ تو لینے دو مجھے ———"

وہ التجا کر رہی تھی۔

"کہہ دیا نا میں نے ——— ہمارا دینو مرا نہیں وہ زندہ ہے۔ بھگوان نہ کرے ہم اس کی لاش کو دیکھیں اور پیسہ کمائیں۔ چل پگلی وہ تو وہیں کھیتوں کی رکھوالی کر رہا ہے۔" وہ اسے گھسیٹتا ہوا ہسپتال سے باہر نکل گیا

دوسرے دن حسین ساگر کی سطح آب پر دو بوڑھی لاشیں تیر رہی تھیں۔ یہ وہ مزدور تو نہیں تھے ——— پھر بھلا ان کے لئے کون ایکس گریشیا دے گا ——— ؟ یوں لگ رہا تھا جیسے ان کی کھلی ہوئی آنکھوں میں ایک شکایت تھی۔ آسمان کو تکتی ہوئی ان کی بے نور آنکھیں پوچھ رہی تھیں ——— یہ بتا چارہ گر ——— ہمارا قصور کیا تھا ——— !!

# تلاش میں ہے سحر......

"اندھیرے میں کیوں کھڑی ہو، بتی تو جلادو۔" بوا نے کمرے میں پھیلے ہوئے اندھیرے کو دیکھ کر کہا۔

"دل کے اندھیرے بتی جلانے سے دور نہیں ہوتے بوا۔"

ندا کے لہجے میں صدیوں کا دکھ سمٹ آیا۔ ایک ٹھنڈی سانس بوا کے لبوں سے نکل گئی۔ اور تبھی شکیب اندر داخل ہوا۔

"ہلو ندا کیسی ہو۔"

"ٹھیک ہوں۔ آپ کب آئے"، ندا نے سوال کیا۔

"میں گیا ہی کہاں تھا جو آؤں، کاش! تم نے مڑ کر کبھی دیکھا ہوتا۔" شکیب کا لہجہ اداس اداس تھا۔

"شکیب ایک بات بتاؤ، تمہاری اس جستجو کا حل کیا ہے" اس نے پوچھا۔

"تمہارے چہرے پر آنے والے کل کے سورج کی کرنیں تلاش کرنا"

"خوب۔ اماؤس کی رات سے چاندنی مانگتے ہو۔ یاد رکھو ڈوبتی شام، ڈولتی نیا، شاخ سے ٹوٹا ہوا پتہ، آخری پہر کا زرد چاند اور دار کا ملزم جھوٹی تسلیوں سے زندگی نہیں پاتے"۔ ندا نے کہا۔

"لیکن پھر بھی امید وقت کا سب سے بڑا سہارا ہے"۔
شکیب کے لہجے میں عزم کی جھلک تھی۔
"میں امید و نا امیدی، یاس اور آس کے دور سے گذر چکی ہوں مجھے کچھ بھی نہیں چاہیئے۔" ندا کا لہجہ تلخ تھا۔
"مگر مجھے چاہیئے۔ میں نے پہلے بھی کہا تھا، آج بھی کہتا ہوں اور کل بھی کہوں گا۔" شکیب اٹھ کھڑا ہوا۔ شکیب کے جانے کے بعد بوا چلی آئی۔
"بیٹا کب تک اس غریب کا امتحان لوگے۔ اس کے انتظار کے راستے میں کیوں کانٹے بچھا رہی ہو۔"
"نہیں بوا۔ اب میری زندگی میں رکھا کیا ہے ——— چند ٹوٹی پھوٹی سانسیں اور بس ——— میں کسی کو سکھ نہ دے سکی۔ معصوم بچپن میں ماں کا سہارا کھو گیا۔ ہوش سنبھالا تو بابا کے لئے مصیبت بن گئی۔ کتنی آس، کتنی امنگوں اور کتنے آرزوؤں کے گھروندے سجائے تھے میں نے۔ کتنی چاہت کتنے ارمانوں سے ڈولی میں بٹھایا تھا انھوں نے۔ اپنی محنت اور عزت اور خاندانی وقار کا واسطہ دے کر فرحان کو میرا شریک سفر بنا دیا۔ شکیب لٹے ہوئے مسافر کی طرح بابا کا انکار سن کر لوٹ گیا۔ میرا وجود شہر خموشاں بن گیا۔ جس میں میرا احساس دفن ہو کر رہ گیا۔ میری زندگی کی بنیاد ایک ایسے الاؤ پر رکھ دی گئی جہاں میں قطرہ قطرہ پگھلنے لگی۔ وہ شادی سودا بازی سے کم نہ تھی۔ آئے دن کی فرمائش بابا کا بڑھتا ہوا قرض۔ فرحان کی بے اعتنائی۔ ان کے والدین کا ظلم گویا جہیز کا یہ ناگ میرے جسم کے ہر حصے کو ڈس رہا تھا ——— سیتا کی سچائی

مریم کی پاکیزگی ، زلیخا کی چاہ ، رادھا کی وفا ، میرا کی بھگتی ، لیلیٰ کا پیار ، سب کچھ اسی جہیز کی آگ میں جل کر بھسم ہوگیا ۔ کوئی یہ پوچھنے والا نہیں کہ لڑکی کے گن کیا ہیں ۔ سب دھن کے رسیا ہیں ۔ عورت کی وفا کو زر ، حیا کو زیور ، خدمت کو دولت ، قربانی کو سرمایہ سمجھنے والا کون رہا ۔ نکاح کے چار لفظوں ، اگنی کے سات پھیروں کے تقدس کو کچل دیا گیا ۔ سچ ! کیسے دکھ اٹھائے ہیں میں نے ، کتنے ستم سہے ۔ میرے جسم کے داغدار حصے انصاف طلب کرتے ہیں بوآ ۔" اس نے اپنی باہیں بوآ کے آگے پھیلا دیں ۔ گورے گورے جسم پر آبلوں کے گہرے گہرے داغ تھے ۔ بوآ کی آنکھیں رِستا ہوا ناسور بن گئیں ۔

"کبھی کبھی سمندر کا سکوت کسی گہرے طوفان کا پیش خیمہ ہوتا ہے"
اگلے دن شکیب نے اسے دیکھتے ہی کہا ۔

"ارے آپ ـــــ" وہ خیالوں کے جھرمٹ سے باہر نکل آئی ۔

"ایک سوال کروں جواب دوگی ندا ۔"

"کہیے ـــــ"

"خزاں کے بعد بہار ، ہر شب کے بعد سویرا ، ہر آنسو کے بعد مسکان ، ہر دکھ کے بعد سکھ ۔ زندگی کے ان دو پہلوؤں سے تمہیں انکار تو نہیں ہے نا ۔"

"نہیں ۔ لیکن تم شاید یہ بھول گئے ہو کہ صحرا کو خزاں یا بہار سے مطلب نہیں ۔ پتھر کے مجسمے آنسو اور مسکان کے فرق سے عاری ہوتے ہیں ۔ کانٹے کھلنے اور مرجھانے کے خوف سے بے نیاز ہوتے ہیں ہے نا ، ندا

نے ایک گہری نگاہ شکیبؔ پر ڈالی۔

"تم ہارنا نہیں جانتی ہو ندآ"۔

"نہیں شکیبؔ میں نے تو زندگی کی اتنی بڑی بازی ہاردی ہے کہ اب کسی مقابلے میں حصہ لینے کی طاقت نہیں"۔

"آہنی ارادے تیز رو ہواؤں کا رخ بدل دیتے ہیں۔ اور میں وہی عزم لئے تمہارے دردِ دل پر دستک دیتے چلا آرہا ہوں۔ اقرار کے سکے ڈال کر مجھ غریب کی کشکول بھر دو"۔ شکیبؔ کا لہجہ عاجزانہ تھا۔

"شکیبؔ! خیرات کی سانسیں دیرپا نہیں ہوتی۔ مانگی ہوئی خوشیاں دل کو سکون نہیں دے سکتیں۔ میں تمہارے قابل نہیں رہی۔ میں ایک کٹی ہوئی پتنگ ہوں۔ ایک ایسا آئینہ ہوں جس پر وقت کی گرد جم چکی ہے۔ ایک ایسا پھول ہوں جو شاخ سے کٹ کر گر چکا ہے"۔ ندآ کی آواز مرتعش ہورہی تھی۔

"پلیز ندآ۔ میرے صنم خانے پر پتھر نہ برساؤ، تم نہیں جانتیں میں نے بڑے جتن، بڑے آرزوؤں سے اسے سجا رکھا ہے"۔ شکیبؔ کی آواز رندھ گئی۔

"میں تمہیں کچھ نہیں دے سکوں گی شکیبؔ، ظالموں نے ماں بننے کا حق بھی مجھ سے چھین لیا۔ بابا تو صرف طلاق کی نوٹس دیکھ کر قیدِ حیات سے آزاد ہوگئے، اور میں جنم جنم کی سزا بھگتنے کے لئے زندہ رہ گئی۔ نہیں شکیبؔ میں تمہاری زندگی برباد نہیں کرسکتی۔ کبھی نہیں"۔ وہ اٹھ کھڑی ہوگئی

"ندآ میرے انتظار کا پیمانہ کبھی چھلک نہ پائے گا"۔ وہ

واپس چلا گیا۔

"بوا ۔ بولو میں کیا کروں ــــــــ" وہ بوا کی گود میں گر پڑی ۔ اس کی سسکیاں تیز ہوگئیں ۔ بوا میں شکیب کے قابل نہیں ہیں اس کی زندگی برباد نہیں کر سکتی ۔ مجھے یہاں سے لے چلو، میں اس کی زندگی سے بہت دور جانا چاہتی ہوں ۔ جہاں وہ میرے سایہ کو بھی نہ چھو سکے ۔"

کہاں جاؤ گی میری بچی ــــــ" بوا بے تاب سی ہوگئی ۔

" اس شہر سے دور بہت دور جہاں نہ ماضی کی یادیں ہوں گی نہ شکیب کا اصرار" اور وہ ایک مضبوط ارادے کے ساتھ خود کو تیار کر بیٹھی ۔ بوا کے جھریوں بھرے چہرے پر موت کے سائے لرزنے لگے۔

صبح کی اولین ساعتوں میں جب وہ اپنا اثاثہ سمیٹے گھر سے نکلنے کو تھی کہ شکیب چلا آیا ۔

" ایسی بے مروتی تو دشمن بھی نہیں کرتے ۔" اس نے ندا کا جائزہ لے کر کہا ۔

" شکیب ! خدا کے لئے مجھے غلط نہ سمجھو، میرا یہ فیصلہ یقیناً ہم سب کے لئے بہتری کا باعث ہوگا ۔ تم ڈاکٹر ہو ۔ ملک اور قوم کا سرمایہ والدین کی آرزوؤں کا ثمر ۔ جاؤ ان کے خوابوں کو شرمندۂ تعبیر کرو ۔"

" بے شک میں ایک ڈاکٹر ہوں ۔ موت کو زندگی سے بدلنا میرا مقصد ہے اور اسی مقصد کی تکمیل کے لئے تو میں تمہارے پاس آیا ہوں ۔ سماج کے جس زخم سے تم گھائل ہو میں اسی کے لئے مرہم لایا ہوں ۔"

" لیکن میں تو ایک ایسا درخت ہوں جس پر نہ پھول ہی کھلے

ہیں اور نہ کوئی پتے ہی اُگے ہیں ۔ ایسے درخت کے سایہ میں تمہیں کیسے پناہ ملے گی ۔ طلاق کی بدنام مہر میرے نام پر لگ چکی ہو تم اپنے اجلے دامن کو اس سے داغدار نہ بناؤ ۔ تم اپنے والدین کی خوشیوں کو میرے لئے پامال نہیں کر سکتے ۔ نہ جانے مجھ جیسی کتنی ابھاگنیں ہوں گی جو اس لعنت کا شکار ہو کر یا تو خودکشی کر چکی ہوں گی ، یا کسی کوٹھے کی زینت بنی ہو گی یا پھر کسی زندہ لاش کی طرح ...... جی رہی ہوں گی ۔ کیا انھیں کوئی ایسا شکیبؔ مل سکتا ہے ـــــــ"

"کیوں نہیں ۔ اگر شرافت ، انسانیت اور اخلاقی قدریں باقی ہوں تو ہر گھر میں ایک شکیبؔ ضرور پیدا ہوگا ، جو عورت کو بیوی کے روپ میں قبول کرے گا نہ کہ اسے کھنکھتے سکّوں کی تجوری سمجھے گا ۔"

یہ شکیبؔ کے بابا کی آواز تھی ۔ وہ چونک پڑی ۔ کار سے اترتے ہوئے وہ کہہ رہے تھے ۔

"مجھے فخر ہے کہ میں شکیبؔ کا باپ ہوں ۔ لڑکی تو خود ایک دولت ہے اسے دولت سے کیا تولا جائے یہ سماج اور اس کے رواج ہمارے اپنے ہاتھوں کے بنائے ہوئے ہیں ۔ چاہے تو ہم اسے کھنکتے سکوں کا ساز دیں یا معصوم مسکراہٹ کے پھول ۔ تم شکیبؔ کی زندگی میں شریک ہو کر اسے خوشی اور ہمیں راحت دو گی ۔ میں تم سے تمہیں کو مانگنے آیا ہوں ۔" شکیبؔ کے بابا نے ہاتھ پھیلا دیئے اور وہ ان کے قدموں میں جھک گئی ۔ ندؔا کی پیشانی پر خوشیوں کے چاند جگمگانے لگے ۔ نیا سورج اپنی روشن کرنیں سر پر سجائے دھیرے دھیرے افق سے نکل رہا تھا ۔ ندؔا کی زندگی کے اندھیرے مٹ چکے تھے اور سحر اسے تلاش کر رہی تھی ۔

# خُون پھر خُون ہے.....

آج کرفیو کا ساتواں دن تھا۔ ماحول سوگوار، سڑکیں خاموش، گلیاں سونی، راستے بیکس۔ یوں لگ رہا تھا جیسے کسی بیوہ کی اداس مانگ اور ننگی کلائیاں زبان خاموشی سے تقدیر کا شکوہ کر رہی ہوں۔

ایمرجنسی کی وجہ سے میں پچھلے تین دن سے گھر نہ جا پائی تھی، رات اور دن عثمانیہ ہسپتال کی casualty میں ہی گذر جاتے۔ حادثات، پیہم حادثات ان ہی سے تو نبٹ رہی تھی۔ میں اپنے ساتھیوں کے ساتھ پتہ نہیں کیوں مجھے اپنے پیشے سے یک بیک نفرت سی ہوگئی۔ بس موت کا بیدرد کھیل دیکھنا ہی تو رہ گیا اس میں۔ مشکل سے دو ماہ ہی تو گذرے تھے مجھے ہسپتال آئے پچھلے سات دن سے زخموں کی پیوندکاری کرتے کرتے جیسے ہمارے ہاتھ خود زخمی ہوگئے۔ بہتے ہوئے خون کو دیکھتے دیکھتے میں شام کی سرخی کو بھول بیٹھی ایک ہی تو رنگ ٹھہر گیا تھا، میری نگاہ میں سمٹ کر۔ سرخ سرخ رنگ جو کبھی عثمانیہ ہسپتال کی عمارت کے اوپر نظر آتا اور کبھی موسیٰ ندی کے بہتے پانی میں۔

انسانیت اپنے ریشمی لبادے کو تار تار کر کے عریاں رقص کر رہی تھی۔ بربریت سینہ تانے اپنی فتح پر نازاں تھی۔ فرقہ پرستی کا ناگ اپنا پھن پھیلائے ڈسنے کا منتظر تھا۔ اخلاقی قدریں دم توڑ رہی تھیں۔ خلوص و محبت

کی نبض تھم گئی تھی ۔ ہم آہنگی اور باہمی ربط کی سانسیں اکھڑ رہی تھیں. گنگا جمنی تہذیب کی کشتی نفرت کے سمندر میں ہچکولے کھا رہی تھی ۔

ہم معالج ضرور تھے مگر مسیحا نہیں . زخموں کا مداوا تو کر سکتے تھے لیکن موت کو زندگی سے بدل نہیں سکتے تھے ۔ رات اور دن کی تھکن سے طبیعت مضمحل سی ہو گئی ۔ نیند نے بھی بے وفائی کر لی تھی ۔ وقت گذارنے کے لئے اخبار ہی ایک ذریعہ تھا جو قتل ، چاقو زنی اور آتشزنی کی سرخیوں سے بھرا پڑا تھا . ابھی ایک صفحہ بھی الٹنے نہ پائی کہ مجھے بلاوا آگیا ۔

رات کا شاید ایک بجا ہو گا . وقت کا احساس تو ختم ہی ہو گیا تھا . گھڑی کی سوئیاں گردش تو کر رہی تھیں ۔ مگر صبح اور شام جیسے تھم سے گئے تھے . چیخ و پکار ، آہ و زاری ، کراہ ــــــ بس یہی صدائیں ہم سُن رہے تھے ۔ ان آوازوں سے کان آشنا ہونے کے باوجود دل فولاد کا نہ بن سکا تھا . میں ڈوبتے دل لیکن تیز قدموں سے تھیٹر کی طرف بڑھی .

اسٹریچر پر سترہ اٹھارہ سال کی ایک معصوم لڑکی بے ہوش پڑی تھی ، جس کے پہلو سے خون بہہ رہا تھا . اس کے چہرے پر سیتا کی سچائی اور مریم کی پاکیزگی کا نور پھیلا ہوا تھا اور بھی بہت سے گھائل کراہ رہے تھے ۔ ایک پل کیلئے یوں لگا جیسے میں کسی مسلخ میں آگئی ہوں ۔ تبھی ایک نوجوان نے میرے ہاتھ تھام لئے

" ڈاکٹر ــــــ پلیز ــــــ اسے بچا لیجئے . اسے کسی طرح بچائیے "

" گھبراؤ نہیں ۔ ہم پوری کوشش کریں گے ۔ ــــــ خدا پر ــــــ بھگوان پر ــــــ میرا مطلب ہے ہمت سے کام لو ۔" جانے کیوں میں اسے کسی کا واسطہ نہ دے سکی ۔ نہ خدا کا نہ بھگوان کا ــــــ کیا پتہ وہ کون ہے ؟ میں نے اس کی جانب دیکھا ۔ ملتجی نگاہوں میں میلے آنسو اس کے

شفاف دل کا پتہ دے رہے تھے۔

"اسے کسی طرح بچالو ڈاکٹر۔" وہ ہاتھ جوڑے کھڑا تھا۔

"یہ تمہاری ــــــ" میں رک گئی۔

"میری بہن ہے ڈاکٹر ــــــ" اس نے بہ مشکل تمام کہا۔

"اوہ ــــــ" میں اندر چلی گئی۔ زخم گہرا تھا۔ ٹانکے تو میں نے دید یئے مگر خون کثرت سے بہہ جانے کی وجہ سے اس کی نبض دھیمی ہو رہی تھی۔ ہاسپٹل میں گلوکوس اور خون کی بوتلوں کا اسٹاک بھی ختم ہو چکا تھا اور جو بچی تھیں وہ اس کے گروپ کی نہیں تھیں۔ میں سوچ میں ڈوب گئی۔ ہنگامی حالات، ایمرجنسی کیا کریں اور پھر اس کا بلڈ گروپ ملنا بھی دشوار ہی تھا۔ میں نے حقیقت سے اس کے بھائی کو آگاہ کیا۔

"نہیں ڈاکٹر ایسا مت کہیئے۔ کچھ تو کیجئے۔ میرا بلڈ ٹسٹ کیجئے شاید ..... شاید یہ کام آجائے۔"

اس نے ڈرتے ڈرتے کہہ دیا۔ میں اس کے چہرے کی اضطرابی کو دیکھ رہی تھی۔ خود اس کے ماتھے سے خون بہہ رہا تھا۔ لیکن اپنی بہن کے لئے اس کے دل میں تڑپ کا جذبہ دیکھ کر جانے کیوں میری آنکھیں نم ہونے لگیں۔

"ہاں یہ ٹھیک ہے۔ آؤ تمہارا بلڈ ٹسٹ کرلیں شاید یہ کام آجائے" یہ کہہ کر میں اُسے اپنے ساتھ لیب کی طرف لے جانے لگی، تبھی کسی نے اس کا بازو تھام لیا۔

"نہیں دیپک ــــــ تو ایسا نہیں کرسکتا۔ اپنے دشمن کو خون دے رہا ہے۔" ایک پنڈت جی نے اسے جھنجھوڑ کر کہا۔

"ماما ــــــ چھوڑ دو مجھے۔ نجمہ خطرے میں ہے مجھے جانے دو"

دیپک نے اپنا بازو چھڑاتے ہوئے کہا۔

"بھول گیا اپنی بہن کی لاش کو جو جھلس کر ان ظالموں کے اتیاچار کا پرچار کر رہی تھی۔ آج تو انہی دشمنوں کے لئے اپنی جان جوکھم میں ڈال رہا ہے۔"

پنڈت جی نے اس کے دونوں شانے ہلاتے ہوئے کہا۔

"ماما —— تم صرف نفرت اور بدلے کے دھوئیں میں گھیرے ہوئے ہو۔ تمہیں اچھا اور برا کچھ بھی سوجھائی نہیں دے رہا ہے۔ میں تو آشا کی چتا میں وہی چنگاری ڈھونڈ رہا ہوں۔ جو امن اور شانتی کی جیوتی جلا سکے۔

"آشا کی چتا کی راکھ تو ابھی ٹھنڈی بھی نہیں ہوئی اور تو ان دشمنوں کا سہارا بن رہا ہے۔"

"دشمن —— کون دشمن۔ کس کا دشمن —— ماما —— تم کچھ نہیں جانتے۔ تم نے تو صرف یہی سنا ہے کہ۔ مسلمانوں نے ہندوؤں کے گھر کو آگ لگا دی، اسے لوٹ لیا۔ مگر شاید تمہیں اس بات کا پتہ نہیں ہے کہ میری آشا کی آخری سانس تک رکھشا کرنے والا کوئی اور نہیں اشرف تھا۔ نجمہ کا بھائی جس نے چاقو کے کئی وار اپنے سینے پر لے لئے اور اپنی جان آشا کو سوغات میں دیدی۔ آشا کو جلانے والے، اشرف کو مارنے والے، میرے گھر کو لوٹنے والے نہ مسلمان تھے نہ ہندو بلکہ یہ وہ درندے ہیں جن کا مذہب ظلم، جن کا ایمان فساد، جن کی پوجا قتل، جن کی عبارت لوٹ مار ہے۔ جو چند سکوں کے عوض انسانیت کو بیچ دیتے ہیں۔

ماما —— ارتھی آشا کی اٹھی ہے تو جنازہ اشرف کا بھی اٹھا ہے۔ یہ موت آشا اور اشرف کی نہیں۔ اہنسا کی موت ہے، امن کا قتل ہے اشرف کے احسان کا قرض میرے کاندھوں پر ہے ماما۔ یہی تو وقت ہے کہ میں

اسے ادا کرسکوں۔" دیپک کی آنکھوں کے کنارے بھیگنے لگے۔

آیئے ڈاکٹر صاحب ——" اس نے مجھے پکارا۔ میں۔ جو جانے کہاں کھو گئی تھی۔ اس کی آواز پر چونک پڑی۔ عجیب اتفاق تھا کہ بلڈ گروپ بالکل وہی نکلا۔ میں اس سچائی پر بوکھلا کر رہ گئی۔ اسے لے کر وارڈ میں آگئی ایک بیڈ پر دیپک کو لٹا دیا گیا اور اس کا سرخ خون سفید بوتل میں جمع ہونے لگا۔ میں سیرینج لے کر نجمہ کی طرف بڑھ ہی رہی تھی کہ عین اسی وقت ایک مولوی صاحب اندر داخل ہوئے

"استغفراللہ۔ یہ کام نہ کیجئے ڈاکٹر صاحب۔ ان ظالموں نے ہمارے گھر کے چراغ کو تو گل کر ہی دیا۔ اب اس معصوم پیکر کو اس خون سے ناپاک نہ ہونے دیجئے۔"

"رحیم چاچا۔ یہ وقت ان باتوں کا نہیں۔ آپ اس وقت جذبات سے کام نہ لیجئے۔ یہ نجمہ کی زندگی کا سوال ہے۔" دیپک نے لیٹے ہوئے ہی کہا۔

"نہیں۔ میں یہ گناہ نہیں کرنے دوں گا۔" مولوی صاحب نے میرا ہاتھ تھام لیا۔

"یہاں کون اپنا دھرم بھرشٹ کرنا چاہتا ہے"۔ پنڈت جی بھی دیپک کے قریب آگئے۔

"خدا محفوظ رکھے تم جیسے مفسدوں سے۔" مولوی صاحب غرائے۔

"بھگوان بچائے تم جیسے راکھشسوں سے۔" پنڈت جی بھی دھاڑے

"پلیز اسٹاپ اٹ۔" میں نے ایک جھٹکے سے ہاتھ چھڑا لیا۔"

یہ کیا ہو گیا ہے آپ لوگوں کو ——"

ایک بے بس زندگی اور موت کی کشمکش سے دوچار ہے۔ اس کے لئے

ہر لمحہ بھاری ہے اور آپ لوگ ہسپتال میں بھی مذہب کے نام پر فساد کرنے تیار ہو گئے ۔ یہاں سبھی زخمی ہیں ، سبھی کراہ رہے ہیں ۔ انہیں درد کا درماں چاہیئے ، زخموں کا مرہم چاہیئے ۔ اذیت سے راحت چاہیئے ۔ انہیں زندگی چاہیئے زندگی ______ " اتنا کہہ کر میں اپنے فرض کو نبھانے لگی ۔ نجمہ کے جسم میں سوئی پیوست ہو گئی ۔ اور قطرہ قطرہ خون اس کی رگوں میں آنے لگا

" ڈاکٹر صاحبہ ۔ میرے لئے یہ گناہ ہے کہ نجمہ کی رگوں میں دیپک کا خون دوڑے ۔" مولوی صاحب نے کانوں پر ہاتھ رکھتے ہوئے کہا ۔

" اور میرے لئے یہ مہا پاپ ہے کہ دیپک نجمہ کے لئے خون دان کرے ۔" پنڈت جی بھی جوش میں ڈوب گئے ۔ اب مجھ سے نہ رہا گیا ۔

" کس گناہ اور کس ثواب کی بات کر رہے ہیں آپ پنڈت جی !

آیئے میرے ساتھ ______ "

میں نے دونوں کا ہاتھ تھاما اور سیدھے بلڈ بنک کی طرف بڑھی شیلف کھول دیا ۔ ایک ہی قطار میں رکھی خون کی بوتلیں اپنی یکسانیت کا احساس دلا رہی تھیں ۔

" بتایئے قبلہ ! ان بوتلوں میں بھرا ہوا کونسا خون مسلمان کا ہے اور کونسا ہندو کا ، کونسا سکھ کا ہے اور کونسا پارسی کا ۔ سمجھایئے مہاراج ۔ کس خون میں پاپ کا رنگ ہے اور کس میں پُن کا ۔ کونسا آشا کا ہے اور کونسا نجمہ کا "

اس سوال پر دونوں کی نظریں بوتلوں کو ٹٹولنے لگیں تاکہ اس فرق کو پالیں ۔ لیکن نہ مذہب کی تلاش ہو سکی اور نہ رنگ و نسل کی ۔ وہاں تو صرف ایک ہی رنگ تھا ۔ خون کا سرخ سرخ ______ ایک لمحہ کے لئے دونوں کی نگاہیں ایک دوسرے سے ٹکرائیں ۔ اور نہ جانے کیوں جھک گئیں ۔

"کون سے مذہب نے آپ کو خون کا فرق دکھایا ہے۔ کن مقدس کتابوں نے خون کے الگ الگ رنگ دکھائے ہیں۔ خون تو خون ہے صاحب چاہے وہ ہندو کا ہو یا مسلمان کا۔ اس کے رنگ میں ایک اٹوٹ سچائی ہے۔ وعدوں کی آبرو رکھنے کے لئے یہ ماتھے کا تلک بن جاتا ہے اور وطن کی راہ میں سر کٹا کر جب بہتا تو اسے شہید کا مرتبہ دیتا ہے۔ دنیا کا کوئی بھی مذہب انسانیت سے اپنا ناطہ نہیں توڑ سکتا۔ مذہب تو ایک ایسی طاقت ہے جو مثبت ارادوں کی رہنمائی کرتی ہے۔ شعور سے لاشعور تک کی منزلیں طے کرواتی ہے۔ اور روح کی تسکین کا ذریعہ ہے۔"

"مگر آج اسی کے نام پر قتل و خون اور غارت گری کا بازار گرم ہے۔ آپ لوگ ماضی کی روایتوں کے علم بردار ہیں۔ ماضی نے تو ہمیں اعلیٰ اقدار عطا کئے ہیں۔ وہی آپ کی پونجی ہے۔ وہی آپ کا سرمایہ اور وہی آپ کا ترکہ ہے۔ نئی نسل یہی ورثہ آپ سے لے گی۔

ہر ختم ہونے والا دور اپنے پیچھے ایسا نشان چھوڑ جاتا ہے کہ آنے والی نسلیں ان نقوش پر اپنے قدم جمالیتی ہیں۔ ڈوبتا ہوا سورج ہمیشہ اجالوں کا پیغام دے جاتا ہے۔"

تبھی نرس نے آکر اطلاع دی کہ نجمہ ہوش میں آرہی ہے۔

میں وارڈ کی طرف بڑھی۔ نجمہ کے چہرے پر نئی صبح کی چمک پھیل رہی تھی یہ اس تازہ خون سے پیدا ہوئی تھی۔ جو دیپک کے جسم سے اس کے جسم میں آرہا تھا۔ جیسے کوئی مرجھایا ہوا پودا پانی کی پھوار سے کھلنے لگا ہو۔

پنڈت جی اور مولوی صاحب بھی اندر آچکے تھے۔

"دیکھئے ــــــ خون پھر خون ہے۔ موت سے زندگی کو بدلنے والا۔ نجمہ کے لئے دیپک ہی اشرف ہے۔ اور دیپک کے لئے نجمہ ہی آشا۔ شاید یہی نئی نسل کے لئے پیغام ہے۔"

اتنا کہتے ہوئے جانے کیوں میری رگوں میں خون تیزی سے دوڑنے لگا۔

# پتّھر کا درد

وہ گھر پہونچی تو اوپر کے کمرے میں قہقہوں کا طوفان برپا تھا۔ اس نے جان لیا کہ صبیح آیا ہوگا۔ غصّے اور نفرت کا تاثر اس کے گلابی چہرے کو سرخ کر گیا۔ وہ بڑی بے دلی سے سیڑھیاں طے کرنے لگی۔ ڈرائینگ روم کے دروازے پر ہی وہ اس کے مقابل تھا۔

"روشی تم نے کبھی دہکتے انگارے دیکھے ہیں۔" وہ روشی کو گود میں اٹھائے اس کے قریب آیا۔

"نہیں صبیح بھیا۔" معصوم روشی نے کہا۔

"تو آؤ ہم تمہیں بتاتے ہیں انگارہ کیسا ہوتا ہے۔ یہ دیکھو تمہاری آپی کے دونوں گال" اس نے رانی کے گالوں کی جانب اشارہ کیا

"مجھے بدتمیزی اچھی نہیں لگتی" وہ برس پڑی

"میں تمیز کی حدمیں ہوں۔ چھوا تک نہیں میں نے تمہیں۔"

"تم ــــ تم سچ مچ واہیات ہو۔" وہ پیر پٹختی اپنے کمرے میں چلی گئی اور اس کے پیچھے قہقہوں کا آبشار بہہ نکلا۔

یہ کوئی نئی بات نہ تھی۔ صبیح اس کے ستانے میں کوئی کسر اٹھا نہ رکھتا۔ ابھی دو دن قبل ہی کھانے کی میز پر وہ کسی طوفان کی طرح نازل ہوا اور

اس کی پلیٹ سے کباب لے کر چلتا بنا۔ وہ بس ہونٹ کاٹ کر رہ گئی۔ جانے کیوں وہ اسے چھیڑتا اور ستاتا اور کبھی کبھی تو رُلا بھی دیتا۔ اور جب وہ رونے لگتی تو اپنے رومال میں اس کے آنسو جذب کرنے کی ناکام کوشش کرتا۔ گھر کا کوئی فرد اس کے خلاف آواز نہ اٹھاتا، صرف وہی تھی جو اس سے بیزار تھی۔

"امی مجھے صبیح سے نفرت سی ہوگئی ہے" آخر کار ایک دن اس نے امی سے کہہ دیا، نہ جانے کیا جادو ٹونا کر دیا ہے اس نے جو آپ سب اس کے گن گاتے ہیں۔"

"اور ایک تو ہی ہے جو اس کی دشمن ہے۔ وہ تو بچوں میں بچہ، جوانوں میں جوان اور بوڑھوں میں بوڑھا ہے۔ سب کو ہنسانا، سب کی خدمت کرنا۔ سب کے کام آنا یہی تو اس کی زندگی ہے۔" امی قصیدے پڑھنے لگیں اور وہ اُن کی بات ادھوری چھوڑ کر چلی جاتی گویا اس کی سرحدوں سے پرے نکل گئی ہو۔

اس نے سوچا کہ وہ آیا تو تھا ایک کرایہ دار کی حیثیت سے مگر بن بیٹھا گھر کا مکین۔ کوئی کام اس کے بنا نہ ہوتا۔ نہ سُکھ کا نہ دکھ کا، ہر ایک کے لبوں پر ایک ہی نام ہوتا۔ صبیح ..... صبیح ..... صبیح ..... یہ صبیح نہ ہوا۔ ہر تالے کی چابی بن گیا۔ وہ جھنجھلا جاتی۔

بی۔ اے کا رزلٹ آچکا تھا۔ وہ فرسٹ ڈویژن میں آئی تھی اس نے اپنی سہیلیوں کو لنچ پر مدعو کیا۔

"رانی..... صبیح کو اپنی مدد کے لئے بلالے"۔ امی نے پکار کر کہا۔

"مجھے کسی کی مدد کی ضرورت نہیں میں خود ہر کام کر سکتی۔ . . . ."

اس کا جملہ ابھی مکمل بھی نہ ہوا کہ آواز آئی۔

"بندہ خدمت کے لئے حاضر ہے۔"

"اف۔ تم پھر وارد ہو گئے۔" وہ غصے سے بولی۔

"معاف کیجئے گا میں کوئی شیطان نہیں ہوں تو بندۂ بے دام ہوں۔"

بڑے ہی شائستہ انداز سے اس نے کہا۔

"شرم نہیں آتی تم کو ایسی حرکتیں کرتے ہوئے ——؟"

"شرم! محترمہ یہ تو آپ کا سرمایہ ہے بھلا اس دولت پر ہم کیسے ڈاکہ ڈالیں۔"

"مسٹر صبیح، میں ایسی بے تکلفی کو چھچھورا پن سمجھتی ہوں۔"

"اور مس رانی، میں تکلف کو دیوار سمجھتا ہوں۔"

"اپنے حدود میں رہا کیجئے۔"

"میرا حدود اربع آپ کے ذہن مبارک سے دل مقدس تک پھیلا ہوا ہے۔ اس کے سوا میں کہیں اور پھیل ہی نہیں سکتا۔"

"آپ یہاں سے دفع ہونے کا کیا لیں گے ——" اس نے پوچھا

"بتا دوں، تو سنیئے، مسکراہٹوں میں گھلی ہوئی ایک نگاہِ کرم۔ دیں گی آپ۔" اس نے اس کی آنکھوں میں جھانک کر پوچھا، اور وہ وہاں سے چلی گئی۔

روحی تم نے کبھی پتھر کی مورتیں دیکھی ہیں ——؟ صبح کی اولین ساعتوں میں اس کی آواز آئی۔

"نہیں صبیح بھیا۔ بتایئے نا ——" روحی چہک کر بولا۔

تو آجاؤ اس نے روحی کو گود میں اٹھا لیا اور سیدھے اس کے کمرے میں چلا آیا۔

"لو دیکھو بستر پر پڑی ہوئی پتھر کی یہ مورت۔ بے حس و حرکت۔"
اس کا اشارہ رانی کی طرف تھا

"یہ تو آپی ہیں بھیا ——" ننھا رضی سمجھ نہ سکا۔

"ارے۔ یہ تو تم لوگوں نے نام دے دیا ہے ورنہ۔ پتھر انسان کیسے بن جاتا۔"

"کس نے کہا تھا تم سے اس پتھر سے سر پھوڑنے کے لئے۔۔۔"
وہ بولی۔

"مجھ غریب کا ایک ساتھی ہے ننھا سا نازک سا یعنی کہ دلِ عزیز اسی نے صلاح دی۔" وہ نہایت سنجیدگی سے کہتا۔

"تو پھر اتنا جان لو کہ پتھر اس ساتھی کو کچل بھی سکتا ہے۔" وہ تیزی سے باہر نکل گئی قہقہے اس کا پیچھا کرتے رہے۔ وہ طے کر لیتی کہ اب کبھی وہ اس سے بات نہیں کرے گی مگر صبح فجر کے وقت ہی اس کی آواز آئی۔

"نماز نیند سے بہتر ہے"۔ اور وہ پھر غصے میں بھری دروازہ کھول دیتی۔

"ہائے۔ کیا غضب کی صبح ہے۔ شفق میں ڈوبے سورج پر بھی تمازت ہے۔" وہ اس کے سراپے کا جائزہ لے کر کہتا۔

اس نے سوچ لیا کہ وہ امی سے کہہ کر اسے نکلوا دے گی۔ اُسے ایسا کرایہ دار نہیں چاہیئے تھا جو مالک بن بیٹھے۔

"وہ اس گھر سے نہیں جانے گا اس گھر میں اور اس محلے میں جو بھی رونق ہے اسی کے تو دم سے ہے۔" امی کا فیصلہ سن کر وہ بس تڑپ کر رہ گئی۔

"صبح کون ہے۔ کیا کرنا ہے —— ؟ ایک دن اس کی سہیلی نے

پوچھ ہی لیا۔

"جانے کون ہے کہاں سے آیا، مگر امی کے دل پر حکومت کرتا ہے۔ سُنا ہے کسی گاؤں میں رہتا ہے گنوار۔ ایم کام کیا ہے بے وقوف نے۔ محلے کے بچوں کو ٹیوشن پڑھاتا ہے۔ نکما کہیں کا۔ کوئی سرکاری ملازمت نہیں۔ سارے محلے کی خدمت کرتا ہے کوئی بیمار ہو تو وہ تیمار دار۔ کسی کے گھر خوشی ہو تو وہ منتظم۔ کسی کے ہاں غم ہو تو وہ شریک غم۔ گویا محلے کے سارے کام اُسی کے سپرد۔ گویا ایک بڑا سوشیل ورکر ہے۔" وہ جل کر اس کا تعارف کراتی۔

"اتنی خوبیوں والے انسان سے تم کیوں خفا ہو۔ اس کی سہیلی نے سوال کیا۔"

مجھے اس سے نفرت ہے I hate him اور اس کے باقی الفاظ کالج کی گھنٹی کی نذر ہو جاتے۔

رمضان کی عید تھی۔ ایک رات قبل وہ اپنی ہتھیلی پر مہندی سے گل بوٹے بنا رہی تھی وہ بلائے ناگہانی کی طرح آگیا۔

"رانی ہم نے سُنا ہے کہ لڑکیاں اپنے ہونے والے دولہا کے نام پر مہندی لگاتی ہیں۔ اور دیکھتی ہیں کہ اس کا رنگ کتنا گہرا ہو گا۔ اگر رنگ گہرا ہو تو سمجھو کہ دولہا بہت پیار کرے گا اور اگر ہلکا ہو تو پھر پریشانی ضرور ہوگی۔ تمہاری مہندی کا رنگ کیسا ہے۔"

"خون جیسا ——" وہ گل بوٹے بناتی ہوئی کہہ رہی تھی۔

"خون —— اف اتنا سرخ جانے کس کا ہو گا۔

"تمہارا ——" وہ جل کر بولی

"سچ ——" اس کی آنکھیں چمکنے لگیں۔

"رانی تمہیں دولہن بننا اچھا لگتا ہے ـــــ" ایک دن اس نے عجیب سا سوال کیا۔

"ہاں ہاں ہاں ـــــ مگر تمہاری نہیں ـــــ سمجھے" وہ جل کر بولی۔

خدا خیر کرے۔ کیا میرے نصیب بگڑے ہیں جو میں ایسی غلطی کروں۔" وہ دونوں ہاتھوں سے گال تھپتھپانے لگا" ہاں کہو ہو تو کسی بدنصیب کی تلاش کر سکتا ہوں۔

"شکریہ، یہ زحمت آپ نہ کریں تو بہتر ہے۔" وہ آگے بڑھ گئی۔

اور پھر عید کے دوسرے ہی روز ڈاکٹر ریاض کا رشتہ رانی کیلئے آیا وہ دوڑا دوڑا اس کے پاس پہونچا۔

"رانی پہلے اپنا ہاتھ بتانا۔" اس نے اس کی گداز ہتھیلی تھام لی۔ سرخ گل بوٹے ہتھیلیوں پہ سجے تھے۔

دیکھو میں نے بتایا تھا تاکہ دُولہا پیار کرنے والا ہو تو مہندی کا رنگ گہرا ہوگا۔ بے چارہ ریاض مفت میں مارا جائے گا۔" یہ کہہ کر وہ تو چلا گیا مگر رانی خوابوں میں کھو گئی۔

پھر اچانک وہ بیمار ہو گئی اسے نمونیا ہو گیا، اس کا تیماردار بنا صبیح۔ رات بھر جاگنا اور دوا وقت پر دینا، دونوں ہی کام اس کے حصہ میں آئے جب وہ ٹھیک ہو گئی تو اس نے دیکھا، صبیح کی آنکھوں کے حلقے سیاہ ہو گئے تھے۔

"تم نے میری بڑی خدمت کی، شکریہ۔" اس نے لفظوں کا سہارا لیا

"شکریہ ـــــ! کتنی چھوٹی سی بات کہی تم نے۔ اس لفظ کو میرا بس چلے تو نکال پھینک دوں۔ یہ جذبات کو ٹھیس پہونچانے والا اور حدوں کو

ختم کرنے والا لفظ ہے۔ مس رانی۔ کوئی آدمی مفت میں کام نہیں کرتا، ہم اپنا معاوضہ آپ سے طلب کر لیں گے۔" وہ بڑی بے نیازی سے بولا۔

"کیا لو گے ——" رانی نے پوچھا۔

"کبھی تم سے بھی خدمت لے لیں گے۔——" وہ بولا

"خدا نہ کرے۔ اللہ تم کو صحت سے رکھے۔" رانی نے بڑے ہی اخلاق سے کہا۔

توبہ توبہ کیا بُرا لگ رہا ہے یوں معلوم ہوتا ہے کوئی ساٹھ سالہ خاتون کسی پچیس سالہ نوجوان کو دعائیں دے رہی ہے۔" وہ سگریٹ جلاتا ہوا بولا۔ وہ جل ہی تو گئی۔

"آ گئے نا اصلیت پر ——"

"ہم گئے ہی کہاں تھے۔"

"مجھے تمہاری یہی باتیں اچھی نہیں لگتیں۔"

"اور میں ان باتوں کے بغیر جی ہی نہیں سکتا۔"

"اور اگر میں تم سے بولنا ہی بند کر دوں تو۔"

"زبان چپ ہو گی تو آنکھیں بولیں گی۔" وہ مسکرا کر بولا۔

"میں تمہاری آنکھوں کو بند کر دوں گی۔"

"میں اپنی آنکھیں بند کر کے تمہیں دکھ دینا نہیں چاہتا۔"

"مجھے اس دن سارے جہاں کا سکھ مل جائے گا۔"

"نہیں اس دن تم ضرور پچھتاؤ گی اور رو کر میرا سر اپنی گود میں رکھ لو گی۔

"لعنت ہے مجھ پر جو میرے آنسو تمہارے لئے یوں برباد ہوں۔

اتنا کہہ کر وہ اٹھ گئی۔ اور اس کے پیچھے قہقہے بکھر گئے۔

پھر اچانک اس نے آنا بند کر دیا۔ ایک دن دو دن تین دن یوں لگا جیسے ہر طرف سکوت ہی سکوت ہو۔ امی کے مسکراتے جب چپ تھے۔ بچوں کی شرارتیں جانے کہاں چلی گئیں۔ بوڑھوں کی کمزور نگاہیں دروازے لگ گئی۔ اور وہ تو ایسی خوش تھی جیسے سب کچھ پا لیا ہو۔ اس نے سکھ کا گہرا سانس لیا۔ لیکن جانے کیوں پھانس سی اس کے سینے میں چبھنے لگی۔ قرار میں بے قراری اس کی سمجھ میں نہیں آئی۔ ایک عجیب سی بے چینی اس کے سکون کو درہم برہم کر رہی تھی۔ تبھی امی نے گولہ داغ دیا۔

"جبیح کو کینسر ہو گیا ہے وہ ہاسپٹل میں ہے۔"

وہ سیدھے ہاسپٹل پہونچی۔ کتنا دبلا ہو گیا تھا وہ آنکھوں کے حلقے سیاہ اور ہونٹوں پر پیڑیاں سی جم گئیں تھیں۔ اس کو دیکھ کر وہ مسکرایا۔ رانی کے رگ و پے میں عجیب سی کسک ہونے لگی۔

"یہ کیا ہو گیا ہے تمہیں۔ وہ بہ مشکل تمام پوچھ سکی۔"

"مجھے کیا ہو گیا میں تو بھلا چنگا ہوں۔ یہ محض تمہیں بلانے کی شرارت تھی۔" وہ قہقہہ لگانے کے موڈ میں تھا کہ کھانسی کا شدید دورہ پڑا۔ سسٹر دوڑی اس کے قریب آئی۔ روئی سے منہ صاف کیا تو سفید روئی میں سرخ رنگ کے پھول کھل گئے۔

"یہ "سب کیا ہے۔ اس نے روئی ہاتھوں میں اٹھائی۔ شفق میں ڈوبا آسمان آخری پہر کا زرد چاند، مرجھائے ہوئے سرخ پھول درختوں سے گرتے ہوئے سوکھے پتے اس کی نگاہوں کے سامنے پھیل گئے۔

"پچھلے دو سال سے وہ اس مرض کا شکار ہے۔ جب کبھی طبیعت

بگڑتی ہے تو یہاں اڈمٹ ہو جاتا ہے۔"

"سسٹر بتا رہی تھی، اسے یاد آیا! کبھی کبھی وہ اپنے گاؤں جانے کا ذکر کرتا تھا، شاید یہی اس کا گاؤں تھا

"ان کے گاؤں سے ان کے لئے کوئی آیا۔" امی نے پوچھا۔

"گاؤں سے نہیں۔ انھوں نے تو کسی گاؤں کا ذکر نہیں کیا۔ ہاں یہ ایڈریس دیا کہ اگر کبھی طبیعت بگڑ جائے تو اس پتہ پر اطلاع کرنا۔ سسٹر نے اس کے کیس شیٹ پر تحریر کردہ پتہ آگے بڑھایا۔ رانی نے پڑھا۔ یہ تو اس کے اپنے گھر کا پتہ تھا۔

"صبیح بیٹا تم نے یہ بات ہم سے کیوں چھپائی۔'' امی نے اس کا ہاتھ تھام کر کہا۔

"انٹی میں اپنی ذات سے کسی کو دکھ دینا نہیں چاہتا تھا۔ یہی وجہ ہے کہ میں نے محبت بانٹی۔ سب سے پیار کیا۔ آج میں خود کو اکیلا نہیں سمجھتا۔ میں اب سکون سے مر سکوں گا۔ کوئی تو ہے جو میرے لئے آنسو بہائے گا۔"

"ہاں میں نے رانی کو بہت دکھ دیا۔" وہ اس کی جانب دیکھتا ہوا کہہ رہا تھا۔ اور موم کی شمع دھیرے دھیرے پگھل رہی تھی۔ ایک لمحہ گذر گیا، دونوں ایک دوسرے کو دیکھتے رہے۔ وارڈ میں خاموشی تھی، کبھی کبھی کسی مریض کے کراہنے کی آواز آتی۔ پھر نرس کے قدموں کی چاپ اس کے بعد گہرا سکوت۔

"رانی چپ کیوں ہو۔"

"پتھر بولتے نہیں"

کس نے کہا۔

تم نے۔ تم نے

"میں نے کیا کیا۔"

"تم نے تقدیر کو کھلونا سمجھا۔ زندگی کو قہقہہ اور احساس کو مذاق۔ سچ بتانا کیا تمہارے دل میں میرے لئے کوئی جذبہ نہیں۔ اگر ہے تو پھر یہ دھوکا کیوں؟"

"رانی میں نے تمہیں دھوکا نہیں دیا۔ میں جانتا تھا کہ میرا ایک پیار بھرا جملہ۔ تمہارے دل کے ہالے میں چاند بن کر سمٹ آئے گا اور اس چاند پر کوئی بدلی چھا جائے۔ یہ مجھے گوارہ نہیں۔" "اور تم نے سچ کو جھوٹ سے بدل دیا، خود فریبی کے آلاؤ میں تم اکیلے ہی نہیں جلے مجھے بھی جھلسا دیا۔"

"رانی میں کینسر کا مریض ہوں۔ میری زندگی کا دیا بجھنے والا ہے میری حیات کی ڈور ٹوٹنے والی ہے۔ اسی لئے میں نے اس دیئے کو تمہاری آنکھوں میں جلنے نہ دیا۔ اور اس ڈور کو تمہارے دل سے نہیں باندھا۔ مگر یقین جانو جب جب تم روٹھ گئیں میں بکھیر گیا۔ جب جب تم نے نفرت کی میں ٹوٹ گیا۔ میں نے تصور میں گھروندے سجائے، خیالوں میں شہنائیاں بجائیں، خوابوں میں تمہیں دلہن بنا کر پالکی میں بٹھایا مگر حقیقت کہہ نہ سکا۔"

صبیح۔ تم نے حقیقت چھپانے کا تجربہ کیا مگر ناکام رہے۔ تم نے یہ نہیں سوچا کہ پیار ایک اٹوٹ سچائی ہے، جو دھڑکن بن کر دل میں اور نور بن کر آنکھوں میں چھپی رہتی ہے۔ زندگی میں جذبات اور احساسات کا بڑا دخل ہے۔ تم نے ان کو اپنی زندگی سے الگ کر کے خود کو تباہ اور مجھ کو برباد کیا۔

نہیں رانی ایسا نہ کہو۔ تمہیں آباد رکھنے کے لئے ہی تو میں نے یہ کھیل رچایا ہے۔ سچ تو یہ ہے کہ تم میری زندگی ہو۔

"زندگی نہیں، تم جھوٹ کہتے ہو۔ میں تمہارے لئے ایک پتھر سے زیادہ کچھ نہیں۔ تم نے جھوٹی تسلیوں کا ایک ایسا آشیانہ بنایا جہاں کھوکھلے قہقہہ

اور بے معنی مسکراہٹ پلنے لگی ۔ اور جب حقیقت کی بجلی اس آشیانے پر گر پڑی تو مسکراہٹ تڑپ سے اور قہقہے کسک سے بدل گئے ۔ تم نے مجھے پتھر سمجھا اور یہ نہیں جانا ۔ پتھر کا درد کیسا ہوتا ہے ۔ اپنے سینہ پر ہتھوڑے کھا کر وہ دنیا کو تاج محل دیتا ہے ۔ موم کی طرح پگھل کر اجنتا کی مورت بنتا ہے اور جب اس کا سینہ پھٹ جاتا ہے تب اس سے جھرنے بہہ نکلتے ہیں ۔" اس کی آنکھوں کے گوشوں سے نمکیں پانی دھیرے دھیرے بہنے لگا ۔

"رانی Please مجھے معاف کر دو ۔ مجھ سے ایک وعدہ کرو ۔"

اس نے اس کا ہاتھ تھام لیا ۔

"تم ڈاکٹر ریاض سے شادی کر لو ۔" وہ بے دلی سے مسکرا پڑی ، جیسے کسی مجرم کو موت کا حکم سنا کر آخری خواہش پوچھی جائے ۔

"تمہیں میری قسم میری چاہت کی لاج رکھو ۔ میری پرستش پر داغ نہ آنے دو میری پوجا کے پھول قبول کر لو ۔"

"بہت خوب ۔ دل میرا ہے ۔ جذبات میرے احساسات میرے اور اس پر قبضہ تمہارا ۔ یہ کیسا ممکن ہے کہ سانس میں لوں اور جیو تم ، دل میرا دھڑکے اور زندہ رہو تم ۔ مسکراؤں میں اور تابندگی ملے تمہیں تو گویا ایثار ، قربانی اور وفا تم نے خرید لی ۔ اب اسے پانے کا کسی کو اختیار نہیں ۔ ٹھیک ہے ، میں تمہاری وفا کی لاج نبھاؤں گی ۔"

اس کے لہجہ میں خود اعتمادی تھی ۔ وہ گھر واپس لوٹ آئی ۔ رات بھر برسات ہوتی رہی ۔ گھر کے باہر پیپل کا درخت بھیگتا رہا ۔ صبح ہوا میں خنکی تھی اور ہر چیز نکھری ستھری ۔ ہاں کہیں کہیں کیچڑ ضرور جم گیا تھا ۔ صبح جب وہ باہر نکلی تو امی اسے دیکھتی رہ گئی ۔ سرخ ساڑی اور کلائیوں میں بھری رنگیں چوڑیاں ۔

" کہاں جا رہی ہو۔ امی نے پوچھا۔ صبیح کے پاس "۔ وہ بے نیازی سے بولی۔ ـــــ " مگر یہ سب ــــــ؟"

" امی۔ مرنے والا زندگی چاہتا ہے تو اسے مایوس نہیں کرنا چاہیئے نا" اور وہ گھر سے نکل پڑی۔ ہسپتال میں بڑی بھیانک اداسی پھیلی ہوئی تھی۔ اکھڑی اکھڑی سانسوں کے درمیان وہ اسی کا نام لے رہا تھا۔

" میں آگئی ہوں صبیح۔ اس نے اس کا سر اپنی گود میں رکھ لیا۔

چھن۔ چھن۔ چھن۔ آنسو کے قطرے صبیح کے گالوں پر گرتے رہے جیسے جلتے توے پر پانی کے چھینٹے۔

" صبیح آنکھیں کھولو۔ دیکھو۔ مجھے جی بھر کر دیکھو۔ میں نے تمہارا وعدہ نباہ دیا۔" اس نے ایک پل کے لئے آنکھیں کھولی، اور دوسرے ہی لمحے اس کا سر ڈھلک گیا۔ اس کی کھلی ہوئی آنکھوں میں دید کی حسرت تھی۔

ڈاکٹر اور نرسس دوڑ کر اس کے پلنگ کے قریب پہنچے۔ تب ہی رانی نے چوڑیوں بھرے ہاتھ صبیح کے پلنگ پر دے مارے۔ چھنا چھن کے ساتھ چوڑیاں ٹوٹ کر بکھر گئیں۔

" پتھر پھوٹ گیا۔" وہ بلک بلک کر رو پڑی جیسے ندی میں باڑ آگئی ہو۔ اسی لمحے کیسی دھماکے کی آواز نے سب کو چونکا دیا۔ شاید قریب ہی کیسی چٹان کو بارود لگا کر ٹکڑے ٹکڑے کیا جا رہا ہے۔

# قاتل مسیحا

رات گہری تاریکی میں ڈوبی ہوئی تھی۔ فلک کی چادر پر کوئی ستارہ ٹنکا ہوا نہ تھا، لگتا تھا کسی بیوہ کے آنچل کی طرح وہ بھی اداس ہے۔ رات کی اس دبیز خاموشی کا پردہ کبھی کبھی کتے کے بھونکنے کی آواز پر چاک ہو جاتا یا پھر کسی راہ گیر کے قدموں کی چاپ فضا میں ارتعاش پیدا کر دیتی یا پھر کسی ٹرک یا کار کے گذرنے پر خاموش دھرتی کا سینہ دہل جاتا۔

سرما کی برفیلی راتوں میں اندھیرے کا رلج کچھ زیادہ ہی ہو جاتا ہے موسم اور ماحول کے اثر سے بے خبر انسپکٹر شرما اپنے گھر کی طرف رواں تھا۔ اس کی آنکھیں آنے والے کل کے سپنے دیکھ رہی تھیں جہاں شالینی دولہن بنی اپنے پیا کے گھر وداع ہو رہی تھی۔ شالینی۔ اس کے صحرا جیسے جیون میں کھلا ہوا معصوم گلاب جس کی ہر پتی کو سنوارنے شرما نے اپنا خون جگر دے دیا تھا۔ اس کے دل کی ٹھنڈک، اس کی آنکھوں کا نور اس کی زندگی کا اثاثہ۔ شالو۔ اس کی اپنی بچی جیسے اس نے ماں کی کمی کبھی محسوس نہ ہونے دی۔ اپنی جوانی کی سولہ بہاروں کا سودا اس نے بڑھاپے سے کر لیا۔ کتنی چاہ اور کتنی لگن سے اس نے شالو کا رشتہ طے کیا تھا۔ وہ چاہتا تھا کہ اپنی ساری پونجی لٹا کر شالو کو زندگی کی تمام خوشیاں دیدے۔

وہ ایک شفیق باپ تھا اور ساتھ ہی ایک ایماندار پولیس آفیسر اُس نے جو کچھ کمایا صرف محنت ایمان اور اصولوں کے بل پر ۔ اپنے ضمیر کا اس نے کبھی سودا نہیں کیا ، یہی وجہ تھی کہ شالو کی شادی کے لئے وہ پائی پائی جمع کر رہا تھا اپنے کام سے فارغ ہو کر وہ شادی کے لئے خرید و فروخت میں لگ جاتا اور دیر گئے گھر لوٹتا ، اس کا تھا بھی کون صرف شالو اور اس کی ایک رشتے کی موسی ۔

آج بھی رات کا ایک بج رہا تھا۔ وہ مفلر گردن کے اطراف لپیٹے ۔ پتلون کی جیب میں ہاتھ ڈالے تیز تیز قدموں سے آگے بڑھ رہا تھا کہ دفعتاً اسے یوں محسوس ہوا جیسے کوئی نوکیلی چیز اس کی پیٹھ میں چبھ رہی ہو. اس کے ساتھ ہی سانسوں کی گرمی کا احساس بھی اس کے قریب جاگنے لگا ۔

"کون ہو تم ——" اس نے ہمت سے پوچھا

" پہچانا نہیں مجھے انسپکٹر میں ارجن ہوں۔" طویل قامت ، کسے ہوئے بدن اور چمکتی ہوئی آنکھوں والے شخص نے جواب دیا ۔

" اوہ تم ——" شرما کے چہرے پر اطمینان تو نہ تھا مگر وہ حوصلہ شکن بھی نہ تھا ۔

" ہاں ۔ میں یاد آیا نا تم کو ۔ میں نے کہا تھا ہم پھر ملیں گے ۔ اس وقت میں مجبور تھا اور تم مختار ۔ میں اکیلا تھا اور تم سپاہیوں کے ساتھ . مگر آج میں آزاد ہوں ۔ تم اکیلے ہو اور میرے ساتھ میرا یہ محافظ ہے۔" اس نے چاقو ہوا میں لہرا دیا ۔

تم کیا چاہتے ہو —— ؟" شرما نے سوال کیا ۔

" تم کیا دے سکتے ہو مجھے ۔ یہ جسم جو بھگوان کی دین ہے یا یہ وردی جو سرکار کی دین ہے کچھ بھی نہیں ۔ میں چاہوں تو اس وقت تمہاری زندگی

چھین سکتا ہوں، مگر نہیں ــــــ تمہاری زندگی میرے کس کام کی، میں تمہاری تڑپ دیکھنا چاہتا ہوں۔ ــــــ انسپکٹر تم کو دکھانا چاہتا ہوں کہ آدمی زندگی کے نام پر کتنی بار مرتا ہے۔ اپنی لاش اپنے کاندھے پر اٹھائے کیسے پھرتا ہے۔

"مگر ان باتوں کا مجھ سے کیا تعلق ــــــ اور ــــــ اور تم تو قید میں تھے نا ــــــ"

شرما نے کچھ خوف اور کچھ تعجب سے پوچھا۔

"قید ــــــ" وہ ہنس پڑا۔ اپنی زندگی سے بڑی قید کونسی ہو سکتی ہے۔ انسپکٹر جس میں میری گھائل روح لمحہ لمحہ مسک رہی ہے یہ زخم یہ گھاؤ مجھے تم نے لگایا۔

"میں نے ــــــ"

"ہاں ہاں تم نے۔ جانتے ہو اس رات میری ٹرک کو جب تم نے پکڑا تھا میں کتنا گڑگڑایا تھا تمہارے سامنے۔ کتنی منت اور سماجت کی تھی میں نے تمہاری۔ کتنے آنسو بہائے تھے۔ مگر ــــــ مگر تم فولادی کلیجہ رکھتے ہو نا تمہیں رحم کیوں آئے گا۔" وہ اتنا کہہ کر چپ ہو گیا۔

"میں اپنی ڈیوٹی انجام دے رہا تھا۔ مجھے کسی سے کوئی ذاتی دشمنی نہیں" شرما نے وضاحت کی۔

"جس طرح تم اپنے فرض کے پابند ہو میں بھی اس وقت اپنے کسی فرض کے احساس تلے روندا ہوا تھا۔ اپنی بہن کو وداع کرنے کے لئے مجھے پانچ ہزار روپوں کی ضرورت تھی اور وہ پانچ ہزار میں اتنی آسانی سے کسی سے نہیں لے سکتا تھا۔ کون دے سکتا تھا مجھے اتنی بڑی رقم۔ جو چیز آسانی سے نہیں مل سکتی اسے چھین

کر لیا جلتا ہے۔ اپنی بہن کی بارات کو واپس لانے کے لئے مجھے سیٹھ دھنی رام کے اس ٹرک کو چلانے کی حامی بھرنی پڑی جس میں گانجہ بھرا تھا اور جس کے عوض مجھے پانچ ہزار روپے ملنے والے تھے۔ میں نے اپنی شرافت، عزت اور طاقت کا سودا کر لیا۔ مگر تم نے عین وقت پہنچ کر میری ساری محنت پر پانی پھیر دیا۔ میری ساری خوشیاں چھین لیں۔ جانتے ہو اس کا انجام کیا ہوا۔ بارات لوٹ گئی،... دولھا منڈپ سے اٹھ گیا۔ اور میری ورشا نے زندگی سے نجات پالی۔ اپنے بھائی کی ساری فکروں کو اس نے دور کر دیا۔ وہ ہندوستانی سماج کی ایک غیرت مند بیٹی تھی جسے اپنی عزت اور لاج پیاری تھی نہ کہ اپنی جان۔ جس کا بھائی ایک اسمگلر ہو اور جس کی بارات گھر سے دٹ جائے۔ کیا کرتی وہ۔؟ سماج کے سارے گناہوں کو اپنے ساتھ جلا کر مٹانے کی کوشش کی۔

"بولو انسپکٹر! کیا تم مجھے میری خوشیاں لوٹا سکتے ہو۔ میری بہن کی زندگی واپس دلا سکتے ہو۔" ارجن کا لہجہ تیز تھا۔

"میں اس کی موت کا ذمہ دار نہیں ہوں ____"

"غلط ____" اس کی موت کے تم بھی اتنے ہی ذمہ دار ہو جتنے وہ لٹیرے جن کی مانگ میں پوری نہ کر سکا تھا وہ سماج جس نے ریت و رواج کی اتنی اونچی دیوار کھڑی کر دی جسے میں پار نہ کر سکا۔ وہ دولت جس کے لئے میں نے اپنی عزت نیلام چڑھا دی۔"

"مگر ____ مگر تم مجھ سے یہ سب کیوں کہہ رہے ہو"

"تم سے ____ اس لئے کہ تم بھی ایک لڑکی کے باپ ہو انسپکٹر اور اس کی مجبوری سے خوب واقف ہو۔ تم اپنی لڑکی کے بیاہ کے لئے پیسہ پیسہ جوڑ رہے ہو یہ میں خوب جانتا ہوں۔ مگر کیا تم اس بات کو بھول گئے کہ جہیز کا

یہ ناگ کتنی دیر سے اپنا منہ کھولے کھڑا ہے۔ تم اس میں اپنی ساری زندگی کی پونجی بھی ڈالو گے نا ——— اس کا پیٹ نہیں بھرے گا۔ اب میں تمہیں دکھانا چاہتا ہوں کہ آدمی مجبور کیوں ہو جاتا ہے۔

انسپکٹر! کیا تم میرے ان سسکتے ہوئے لمحوں کا کچلی ہوئی آرزوؤں کا، ناکام حسرتوں کا حساب چکا سکتے ہو۔ میری بہن کی زندگی واپس لا سکتے ہو۔ نہیں ——— تم ایسا نہیں کر سکتے، مگر میں تم سے ایک ایک پل کا حساب لوں گا۔

"مجھے مارنے سے تمہیں کیا ملے گا ———"

میں تمہیں ماروں گا نہیں انسپکٹر۔ تمہیں بتادوں گا کہ اپنی ہی موت پر آنسو کیسے بہائے جاتے ہیں۔

"مگر میرے آنسوؤں سے تمہیں کیا ہوگا ———"

چین ملے گا مجھے۔ ورشا کی آتما کو شانتی ملے گی۔ جو آگ میرے سینے میں بھڑک رہی ہے اسے میں تمہارے آنسوؤں سے بجھاؤں گا۔ میں جانتا ہوں تم اتنی آسانی سے آنسو نہیں بہاؤ گے اس کے لئے تمہیں بہت بڑی قیمت دینی پڑے گی۔ اور وہ تمہاری بیٹی سے بڑھ کر نہیں۔" ایک لمحے کے لئے ارجن کی آنکھوں میں خوفناک چمک پیدا ہو گئی۔

"نہیں ارجن ——— تم ایسا نہیں کر سکتے۔ شالو میری زندگی کا حاصل ہے۔"

اور ورشا میری زندگی کی پونجی تھی ——— ارجن کے لہجے میں ٹوٹے ہوئے خوابوں کا درد سمٹ آیا۔

میری سزا میری معصوم بچی کو نہ دو۔ شرما کے لہجے میں التجا تھی

"دنیا کا یہی دستور ہے انسپکٹر۔ بیج کوئی بوتا ہے اور فصل کوئی کاٹتا ہے۔" میں اپنے فرض سے مجبور تھا۔

"اور میں اپنی ضد سے مجبور ہوں۔ میرا وقت برباد نہ کرو مجھے اپنے گھر لے چلو۔" ارجن نے جھنجھلا کر کہا اور شرما کے پیر آپ ہی آپ اٹھ گئے۔ دروازے پر پہونچ کر اس نے کال بیل بجائی۔ شالو نے دروازہ کھولا۔

"آج پھر دیر لگا دی نا۔ پتاجی۔ کتنی بار میں نے کہا آپ سے جلد آئیں۔ مجھے ڈر لگتا ہے، آئیے اندر منھ ہاتھ دھولیں کھانا لاتی ہوں۔" ایک ہی سانس میں وہ کہتی ہوئی اندر چلی گئی۔ ایک لمحے کے لئے شرما اور ارجن کی نظریں ملیں، ارجن کی آنکھوں میں خوفناک چمک تھی۔ اور شرما کے چہرے پر موت کی زردی۔ شرما کے ساتھ وہ بھی اندر چلا آیا۔

"یہ ——— یہ کون ہیں پتاجی ———" ارجن کو دیکھ کر شالو نے پوچھا۔

"یہ ——— یہ بیٹی - اسے تم اپنا بھائی سمجھو۔" شرما کا یہ جملہ ارجن کے لئے اتنا مہلک ثابت ہوا کہ وہ اپنی سانس بھی لینا بھول گیا۔ اس کی پیشانی عرق آلود ہو گئی۔

"آپ کی طبیعت خراب تو نہیں۔ پانی لے آؤں۔ اتنی سردی میں اتنا پسینہ کیوں آگیا آپ کو۔"

اور معصوم شالو نے اپنے آنچل سے اس کا ماتھا صاف کیا۔ بس یہی وہ لمحہ تھا جب شیطان نے منھ چھپالیا اور انسان کا چہرہ بے نقاب ہو گیا۔ اسی پل وہ باہر نکل گیا۔

"ارے یہ تو چلے گئے پتاجی" شالو اندھیرے میں دور تک اُسے

جاتا دیکھتی رہی

"ارے جانے دو بیٹی۔" شرما نے تھکے تھکے سے لہجے میں کہا، مگر ایک پھانس ان کے کلیجے میں جیسے چبھ گئی۔

خوف اور اندیشوں کے سائے جب انسان کے اطراف منڈلانے لگتے ہیں تو اسے کسی پل چین نہیں مل سکتا۔ شرما کو بھی لگ رہا تھا جیسے کوئی تلوار اس کے سر پر لٹک رہی ہے۔ کوئی آگ اس کے دل میں بھڑک رہی ہے۔ کوئی شیشہ اس کے کلیجے کو کاٹ رہا ہے۔

"اسی امروز و فردا میں شادی کا دن قریب آگیا۔ شادی کے دعوت نامے لے کر جب شرما گھر لوٹے تو دینا ناتھ کا بھیجا ہوا خط ان کے ٹیبل پر رکھا ہوا پایا گیا۔ جلدی سے انھوں نے لفافہ چاک کیا۔ جس میں تحریر تھا کہ جب تک پچاس ہزار روپوں کا انتظام نہ ہوگا۔ وہ بارات لے کر نہیں آسکتے۔" اس اچانک اور غیر متوقع بات نے شرما کو دہلا دیا۔ وہ کانپ گئے۔ شالو کا معصوم چہرہ ان کے سامنے آگیا قبل اس کے کہ وہ تیورا کر گر پڑتے۔ شالو نے انھیں تھام لیا۔

"پتاجی —— کیا ہو گیا آپ کو۔"

"شالو...... میری بیٹی۔ اب میں کیا کروں۔" ان کے لبوں پر بے جان سے جملے مچل گئے۔

تبھی کسی نے کال بیل بجائی۔ شالو نے شرما کو تکیے کے سہارے بٹھایا اور دروازہ کھول دیا۔ ارجن اس کے سامنے تھا۔

"بھیا...... بھیا آپ اچھے سمے پر آگئے۔ دیکھئے پتاجی کا کیا حال ہو گیا۔ گھر میں کوئی بھی نہیں۔ شالو نے گھبرائے ہوئے انداز میں کہا۔

"کیا بات ہے شرماجی۔" ارجن کو دیکھ شرما کو جیسے سکتہ سا ہو گیا

انہیں اپنی زندگی کی نیّا ڈولتی دکھائی دینے لگی ۔

تم ـــــ تم کیوں آئے ہو۔ ـــــ نکل جاؤ یہاں سے۔

میں ...... میں پولیس کو فون کر لوں گا ۔ چلے جاؤ ..... چلے جاؤ یہاں سے" شرما کے لہجے میں کپکپاہٹ تھی ۔

ضرور فون کر لینا ۔ پہلے مجھے بات کر لینے دو ۔ دینا ناتھ کا خط آیا تھا نا ! میں جانتا ہوں ۔

" تم ـــــ تم کیوں پریشان ہو ۔ سنو ! تمہاری بیٹی ہے اور میری بہن ۔"

" انیل اندر آؤ ـــــ" ایک نوجوان اس کے بلانے پر اندر داخل ہوا ۔

" یہ انیل ہے ۔ گورنمنٹ کالج میں لکچرر ہے ۔ اس کی کوئی مانگ نہیں ۔ وہ صرف پتنی چاہتا ہے ۔ شالو کے لئے اس سے بہتر کوئی رشتہ نہیں ۔" ارجن کے اس غیر متوقع جواب سے شرما حیران رہ گیا ۔

" لیکن میں تمہیں جانتا ہی نہیں ـــــ ؟ شرما کے لب ہلے ۔

میں اپنے بارے میں آپ کو خود بتائے دیتا ہوں ۔ میں وہی شخص ہوں جسے منڈپ سے اٹھایا گیا تھا ۔ جسے دولت کے ترازو میں تولا گیا تھا ۔ وہ ارجن بھیا کی ہی بہن تھی ۔ ـــــ جس کی موت کا میں ذمہ دار ہوں ۔

نہ میں اپنے پتا کے کہنے سے منڈپ سے اٹھتا ، نہ بارات لوٹتی اور نہ وہ اپنی جان دیتی ۔

ورشا کی موت کے بعد میں نے اپنا گھر چھوڑ دیا ۔ مجھے سماج کے ان اصولوں سے ، ان رواجوں سے نفرت ہو گئی ۔

میں خود کو بہت نیچا محسوس کرنے لگا۔ میں اپنی نظر میں گر چکا تھا۔ اپنے پاپ کا پرائیشچت کرنے میرے پاس کچھ نہ رہا۔ تب میں ارجن بھیا کے پاس واپس لوٹا اور انھوں نے مجھے راہ دکھائی۔"

انیل کی باتوں سے شرما کے ڈوبتے دل کو تسلی ہوگئی۔ اور وہ ارجن کے بارے میں سوچتے رہے۔

ارجن ــــــ آخر کون ہے ؟

قاتل یا مسیحا ؟

# وقتِ سفر یاد آیا....

خوشبو کا تیز جھونکا اسلم نواب کے کمرے کی فضا کو معطر کر گیا۔ وہ گہری نیند سے چونک پڑے ۔ پیروں پر پڑی لحاف پرے ڈالی اور اٹھ کھڑے ہوئے آئینے کے روبرو کھڑے ہو کر انھوں نے برش لیا اور اپنے سفید بالوں میں پھیرنے لگے تبھی ، یوں لگا جیسے کوئی سرگوشی کر رہا ہو ۔

"جب کبھی آئینہ دیکھئے گا تو محسوس کریں کہ دو آنکھیں آپ کا صدقہ اتار رہی ہیں۔" انھوں نے فوراً ہی پیچھے مڑ کر دیکھا وہاں کوئی نہ تھا ۔بس ایک خوشبو تھی جو فضا کو معطر کر گئی وہ اپنے کمرے کے دروازے سے باہر نکل گئے ۔

صحن کے ایک کونے میں چنبیلی کا منڈوا اداس اداس سا کھڑا تھا مگر جس کے دامن میں سینکڑوں اجلے اجلے خوشبودار پھول تھے ۔انھوں نے معمول کے مطابق پھولوں کی ٹوکری اٹھالی اور پھول چننے لگے اس کے ساتھ ہی ماضی کے بند کواڑ کھل گئے اور یادیں دھیرے دھیرے ذہن کے افق پر ستاروں کی طرح جگمگانے لگیں ۔

"یہ فرح ہے ۔ ہاشم نواب کی پوتی ۔ گردش دوراں کا شکار ہو کر ہماری پناہ میں آگئی ۔ اب یہ یہیں رہے گی ۔" ایک خوشگوار صبح کو امی نے انھیں

بنایا۔ ایک سانولا مجسمہ ان کے روبرو تھا۔

" ٹھیک ہے ! اور وہ اسے نظرانداز کرتے ہوئے نکل گئے، جیسے وہ کوئی بالکل ہی غیر اہم شئے ہو۔ حالانکہ فرح کو اس بات کا دعویٰ تھا کہ کائنات اس کی ملکوتی مسکراہٹ پر ساکت ہوسکتی ہے مگر یہ ...... یہ تو خیر .... وہ بے دلی سے مسکرا کر چپ ہوگئی جیسے سوچ رہی ہو دیکھیں ہم بھی لوہا کب تک شکل نہیں بدلتا۔

پھر اسلم میاں نے محسوس کیا گھر میں نقرئی گھنٹیوں کی آواز آنے لگی تھی۔ چوڑیوں کے جل ترنگ۔ بجنے رہے۔ گنگناہٹ سے خاموشی جاگنے لگی تھی۔ ویرانوں میں کوئل کوکنے لگی زمین پر پازیب کی چھنک گونجنے لگی۔ فضا میں خوشبوئیں بکھرنے لگیں۔ راتوں میں چاند آنگن میں اتر آنے لگا۔ ان کے کمرے کی ہر چیز قرینے سے سجی رہتی۔ کھانے کے لئے نئے نئے لوازمات ٹیبل پر لگ جاتے اور شام کے دھندلکوں میں چنبیلی کے منڈوے سے ایک سریلی آواز کانوں میں رس کے گھولنے لگتی۔

ایک شام ریکٹ ہاتھ میں لئے وہ ٹینس کھیل کر واپس ہو رہے تھے کہ صحن کی سیڑھیوں پر ہی ان کی ملاقات فرح سے ہوئی۔ خدا جانے وہ دانستہ تھی یا نادانستہ۔ پھولوں کی ٹوکری میں بے شمار پھول لئے وہ اسی جانب آرہی تھی۔ دفعتاً انھوں نے محسوس کیا کہ ان کے پیروں کو نہایت ہی ملائم شئے چھونے لگی ہو۔ قبل اس کے کہ وہ سنبھلتے فرح ان کی باہوں میں جھول گئی۔ اور چنبیلی کے سارے پھول اسلم میاں کے قدموں میں ـــــــ ! وہ اس غیر متوقع حادثے سے گھبرا گئے۔ سیڑھیوں پر ہی بیٹھ کر انھوں نے اس کا سر اپنی گود میں رکھ لیا۔ اس کی نبض تیز چل رہی تھی۔ انھوں نے دھیرے دھیرے اس کا سر سہلایا، چند ہی لمحوں بعد اس نے

آنکھیں کھول دیں۔

"کیا بات ہے فرح۔"

"جی کچھ نہیں۔ یونہی چکر سا آگیا تھا۔" اس کی نظریں اسلم میاں کی مخمور نگاہوں سے ٹکرا کر پلٹ گئیں۔

"اپنا خیال رکھا کرو۔" انھوں نے بڑی متانت سے کہا اور اٹھ کھڑے ہوئے۔

"ایک منٹ کے لئے رکئے۔ مجھے انھیں چن لینے دیجئے۔" اور وہ جھک کر اسلم میاں کے پیروں پر گرے پھول چننے لگی۔ گویا ان کی محبت سمیٹنے لگی ہو۔

اس روز شائد کچھ نذر و نیاز تھی۔ اسلم میاں سیاہ شیروانی میں بلبوس یونانی دیوتاؤں کا مجسمہ لگ رہے تھے۔ مہمانوں کی آمد و رفت تھی اور وہ ان کا استقبال کر رہے تھے۔ دفعتاً زنان خانے سے شور اٹھا کہ فرح بے ہوش ہوگئی ہے۔ اسلم میاں بھی اندر پہونچے۔ دالان کے بیچوں بیچ وہ پڑی تھی۔ لوگ گھیرے ہوئے تھے، کوئی پانی کے چھینٹے مار رہا تھا، کوئی آنچل کی ہوا دے رہا تھا اور کوئی خوشبو سونگھا رہا تھا اسلم میاں قریب پہونچے اس کا سر اپنی گود میں رکھا اور نبض دیکھی۔ پھر دھیرے دھیرے اس کا سر سہلاتے ہوئے پکارا۔ چند ہی لمحوں میں اس نے اپنی آنکھیں کھول دیں۔ نیم خوابی کے عالم میں اس نے ان آنکھوں کو دیکھا جس میں زندگی رقصاں تھی۔

"کیا بات ہے فرح؟"

"جی کچھ نہیں آپ کی گود میں سر رکھنے جی چاہا تو میں نے......!"

قبل اس کے کہ وہ کچھ اور کہتی انھوں نے اس کا سر اپنی گود سے ہٹا دیا اور پیشانی پر سلوٹیں لئے باہر نکل گئے۔ اس شام انھوں نے امی سے کہہ دیا۔

"امی! فرح کو سمجھا دیجئے۔ وہ اپنے حدود میں رہا کرے، پناہ دینے کا مطلب یہ نہیں کہ وہ مکین بننے کا دعویٰ کرے۔ آپ جانتی ہیں میں ایسی حرکتیں پسند نہیں کرتا۔"

"وہ الھڑ ہے شوخی اور شرارت اس کی فطرت کا حصہ ہے۔ سب سے ہنس بول کر ہی تو وہ اپنے دکھ بھلا لیتی ہے۔" امی نے تائید کی۔

"چاہے وہ سارے زمانے سے ہنس بول لے مگر میرے اصولوں کے خلاف۔۔ جانے کی کوشش نہ کرے۔" وہ کرسی سے اٹھ کر باہر چلے گئے

پردے کی اوٹ میں کھڑی فرح سب کچھ سنتی رہی۔ دل میں کرب اٹھا مگر اب ہمیشہ کی طرح مسکراتے رہے۔ ہاں اتنا ضرور ہوا کہ اس بار آنکھوں میں نمی تیرنے لگی۔

وہ ایک دن چولھے کے پاس دودھ گرم رہی تھی اس کے کانوں میں آواز آئی۔

"لڑکی پرایا دھن ہوتی ہے امی۔" "ہم پر بہت بڑی ذمہ داری ہے میں نے فرح کے رشتے کے لئے کہہ دیا ہے بات پکی ہو جائے تو اسی ماہ اس کے ہاتھ پیلے کر دیجئے۔" یہ اسلم میاں ہی تو تھے جو ضرب پہ ضرب لگائے جا رہے تھے وہ جانتی تھی کہ اسلم میاں اپنے اصولوں کے بہت پابند ہیں۔ اپنی امی کے سوا کسی دوسری عورت کے بارے میں وہ سوچ بھی نہیں سکتے تھے۔ رشتے ناطے کی بہنیں تھیں مگر ان سے بات کرنا تو کجا ان کا سایہ بھی خود پر نہ پڑنے دیتے۔ مگر وہ یہ کیا کرے دل۔ ۔ ۔ ۔ ۔ یہ کم بخت دل کیوں دیوانہ ہوا جا رہا تھا۔ وہ ایسے چاند کے لئے اپنا ہاتھ پھیلانے لگی جو اس کے آنچل میں آ ہی نہیں سکتا تھا۔

ساری دنیا کو چاندنی بخشنے والا چاند اس کے دامن میں کیسے

سمٹ کر محدود ہو جاتا۔ وہ اپنے خیالات سے اس وقت چونکی جب سارا دودھ جل کر بو آنے لگی تھی۔ اس کے دل سے ایک سرد آہ نکلی۔

اسی شام جب وہ ان کے کمرے میں دودھ کا گلاس لئے پہونچی تو کسی ناول کی ورق گردانی میں مصروف تھے۔ اس کے آنے کا انھیں احساس ہی نہیں ہوا۔ پھر اچانک جانے کیا ہو گیا وہ چکرا کر ان کے پیروں پر گر پڑی۔ اسلم میاں نے گھبرا کر کتاب پھینک دی۔ سارا دودھ فرش پہ پھیل گیا تھا۔ اس کے ماتھے اور رخسار پر پسینے کی بوندیں موتیوں کی طرح جگمگا رہی تھیں۔ انھوں نے اس کا سر سہلا دیا، کچھ دیر بعد اس کی آنکھیں کھل گئیں۔

"میں سمجھ نہیں سکا کہ تم جان بوجھ کر ایسی حرکت کرتی ہو یا پھر واقعی تمہیں کوئی مرض ہے۔"

اسلم میاں نے پوچھ لیا۔ اس نے نیم خواب نگاہوں سے دیکھ کر کہا

"ہم نے پالا مدتوں پہلو میں ہم کچھ بھی نہیں
تم نے دیکھا اک نظر اور دل تمہارا ہو گیا۔"

اسلم میاں کی پیشانی شکن آلود ہو گئی۔

"تم کہنا کیا چاہتی ہو ______؟"

"تجھ سے ملے نہ تھے تو کوئی آرزو نہ تھی
دیکھا تجھے تو تیرے طلب گار ہو گئے"

وہ بدستور مسکرا کر کہہ رہی تھی۔

کیا مطلب ______!

تمہیں نگاہوں کی جستجو ہو
تمہیں خیالوں کا مدعا ہو

تمہیں میرے واسطے صنم ہو
تمہیں میرے واسطے خدا ہو
میری پرستش کی لاج رکھ لو۔
میری عبادت قبول کر لو۔

"بکواس، واہیات۔ کیا ہو گیا تمہیں فرح۔ جانتی ہو تم کس سے بات کر رہی ہو۔ تمہاری نادان حرکتوں سے میں تنگ آ گیا ہوں۔ مجھے اپنی انا اور وقار سے زیادہ دنیا میں کوئی چیز عزیز نہیں۔ محبت کی بے ہودہ باتیں پاگلوں کے دماغ کی اختراع ہیں۔ میں نے تمہیں سہارا دیا ہے۔ قسمت کی لکیر نہیں بنائی میں صرف تم سے ہمدردی کر سکتا ہوں۔ اس کے آگے جانے کی کوشش مت کرو۔"

وہ بے حد جھنجھلائے ہوئے انداز میں کہہ رہے تھے وہ سمٹی سمٹی سی پریشان حال یوں کھڑی تھی جیسے کسی نے بھرے بازار میں اس کی عزت نیلام کر رہی ہو

"مجھے ـــــ مجھے معاف کیجیے گا، شاید میں اپنی حیثیت بھول گئی تھی۔" بہ مشکل تمام وہ اتنا کہہ سکی اور کرب سے اس کی آنکھوں میں نمی سے تیرنے لگی مگر ملکوتی مسکراہٹ بدستور ہونٹوں پر قائم رہی۔

پھر اچانک وہ جب چپ سی ہو گئی۔ اس کی اداس آنکھیں ہمیشہ سرخ رہنے لگیں۔ ہاں ملکوتی مسکراہٹ بدستور قائم رہی شاید اس لئے کبھی تو اس کے غم کا اندازہ ہی نہیں ہو سکا۔

اسی دوران اس کا رشتہ طے کر دیا گیا وہ اقرار اور انکار دونوں ہی لفظوں سے ناآشنا اپنی زندگی کی ناؤ کھیتی رہی پھر اس کی منگنی کا دن بھی آ گیا

اسلم میاں ہر جذبے سے بے نیاز کام میں مصروف تھے۔۔ فرح جھلمل لباس میں سچ مچ سلونا مجسمہ لگ رہی تھی۔ نہ سکھ نہ دکھ۔ نہ خوشی

نہ غم، کوئی بھی احساس اس کے وجود سے لپٹا ہوا نہ تھا۔ بس ایک خاموشی تھی۔ چیختی چلاتی خاموشی، اداس اور گھمبیر خاموشی، سسکتی اور دم توڑتی خاموشی، مگر اس خاموشی میں کتنے الفاظ پنہاں تھے، کتنے جملے پوشیدہ تھے کتنی باتیں سمٹی ہوئی تھیں ان کا جاننے والا کوئی نہ تھا۔ فرح گھل رہی تھی جیسے کوئی گوندھی ہوئی مٹی پانی میں گھل گھل کر اپنی ہستی کو مٹا ڈالتی ہے۔ شکوہ شکایت گلہ یہ سب تو ان کیلئے ہے جو دل کے کسی ڈور سے بندھے رہتے ہیں اور یہاں تو بس ایک لفظ ہمدردی اور سہارے کا تھا تو پھر بھلا وہ ان احسانوں کے آگے اور طلب بھی کیا کر سکتی تھی

منگنی کی رسم کے کچھ ہی لمحے بعد شور اٹھا کہ فرح بے ہوش ہو گئی ہے

اسلم میاں کو جانے کیوں اس بار طیش آگیا۔ وہ بہت دیر بعد اندر پہونچے۔ سانولے مجسمے کی شفاف پیشانی پسینے کی بوندوں سے جگ مگ کر رہی تھی۔ گالوں پر چھڑکی گئی۔ افشاں اس کا صدقہ اتار رہی تھیں۔ اسلم میاں قریب پہونچے۔ ناگواری کے تاثرات ان کے چہرے سے عیاں تھے بادل ناخواستہ اسے ہاتھوں پر اٹھا کر اپنے کمرے میں لے گئے اور پلنگ پر لٹا کر دھیرے دھیرے اس کا سر سہلانا شروع کیا۔ بند کلیاں دھیرے دھیرے چٹکنے لگیں پلکوں میں جنبش ہوئی تو پہلا دھاکہ یوں ہوا۔

"اچھا ڈرامہ کر لیتی ہو، مجھے بلانے کے لئے اتنے گھٹیا طریقے کی کیا ضرورت تھی، محفل میں تماشا بن کر خود کو رسوا اور مجھے بدنام کرنے پر آمادہ ہو۔ جس عزت و ناموس کی پاسداری میرے لئے جان سے بھی عزیز ہو تم اسی کو سر بازار دار پر چڑھا رہی ہو۔"

ان کی بڑی بڑی عمیق نظریں شعلہ بار بن گئیں۔ وہ ان کے لپیٹ میں جھلسنے لگی۔

"مجھے غلط نہ سمجھئے میں سچ مچ اپنے ہوش میں نہیں تھی۔ اعتبار

کیجئے میری قسم .....'' اس نے حنائی ہاتھ سر پر رکھ لیا۔

''کہاں کھو جاتے ہیں تمہارے ہوش۔ تم اپنی زندگی کو کھلونا اور میری عزت کو مذاق سمجھتی ہو۔ تمہاری ان نادان حرکتوں سے میں تنگ آ گیا ہوں۔ اپنی نہیں تو کم از کم میری عزت کا خیال تمہیں رکھنا چاہیئے۔''... اور اتنا کہہ کر وہ کمرے سے نکل گئے۔

اسی امروز و فردا میں شادی کا دن بھی آ گیا اس کے لئے راتیں اماوس کی اور دن صحراؤں کی تپتی دھوپ بن گئے۔ نکاح کی رسم کے بعد ایجاب و قبول کیلئے جب اسلم میاں اندر پہونچے تو فرح نے جھلملاتے گھونگھٹ کی اوٹ سے انھیں دیکھا اور پھر اس کی آنکھیں بھیگتے بھیگتے بند سی ہونے لگیں۔ سرخ کپڑوں کی سی گٹھری جیسے ڈھلک گئی۔

''ارے یہ تو بے ہوش ہو گئی۔'' کسی نے کہا اور وہ اس کے قریب گئے بنا ہی باہر لوٹ گئے۔ ایک گھنٹہ گذر گیا مگر وہ ہوش میں نہ آ پائی، تب مجبوراً وہ ڈاکٹر کے ہمراہ اندر پہونچے، جانے کیوں اس بار اندیشوں نے انھیں گھیر لیا۔ ڈاکٹر نے چیک اپ کیا اور باہر آ گیا۔

''کوئی خاص بات ڈاکٹر ——'' اسلم میاں نے رُکے رُکے لہجے میں پوچھا۔

''انہیں یہ مرض کب سے ہے۔'' ڈاکٹر نے سوال کیا۔

''کیا اس سے قبل بھی انھیں ایسی بے ہوشی کا دورہ پڑا تھا۔'' دوسرا سوال ہوا

''جی ..... جی ہاں'' اسلم میاں کی پیشانی عرق آلود تھی۔

''اس وقت ان کی حالت بہت سیریس ہے۔ آپ کو کسی نے بتایا

نہیں کہ یہ دل کی مریض ہیں۔ اور ایسے مریضوں کے لئے شادی خطرہ ثابت ہوسکتی ہے۔ اس وقت ان کا ہارٹ سنکنگ پوزیشن میں ہے" ڈاکٹر نے تفصیل سمجھائی۔ اسلم میاں کی انا ان کا وقار ان کی عزت ہچکولے کھاتی کشتی کی طرح طوفان میں ڈوبنے ابھرنے لگی۔

"اب کیا ہوگا ـــــــ؟ اسلم میاں بہ مشکل کہہ سکے۔

" خدا رحم کرے۔ ہوش آبھی جائے گا تو زیادہ دیر نہیں رہے گا۔"

ڈاکٹر چلا گیا۔ شہنائیاں رو رو کر چپ ہوگئیں۔ پھولوں کے انبار اداس ہوگئے۔ روشنیوں کی جگمگاہٹ مدھم ہوگئی۔ یہ کیسا وقت سفر تھا۔ یہ کیسی وداعی تھی۔ یہ کیسی محفل تھی۔ اسلم میاں نے یکلخت آگے بڑھ کر اس کا سر اپنی گود میں رکھ لیا۔

" فرح، آنکھیں کھولو۔ مجھے دیکھو......ہیں......میں مجھے تم نے دیوتا مانا۔ میں نے آج تمہاری پوجا کے سارے پھول چن لئے۔ تمہاری وفا نے جذبۂ محبت سے مجھے آشنا کر دیا۔ میں بھی تم سے پیار کرتا ہوں۔ تم میری ہو، فرح۔ صرف میری۔"

وہ دیوانہ وار کہہ رہے تھے۔ اور ساری محفل ششدر تھی۔ ٹوٹی پھوٹی سانسوں کو یکجا کر کے اس نے آنکھیں کھولیں۔

" زہے نصیب۔ آپ نے میری عبادت قبول کر لی۔" اور اس کا سر ایک جانب ڈھلک گیا۔ اسلم میاں چیخ اٹھے۔

" نہیں فرح تم نہیں مر سکتیں۔ تم میری ہو صرف میری۔ صرف میری"

مگر طائر قفس سے آزاد ہو چکا تھا۔

فرح کس منزل کی مسافر تھی۔ اس کا وقت سفر کتنا دردناک اور اذیت ناک تھا، اسے کوئی بھلا نہ سکا اور آج بھی بیس برس گذرنے کے باوجود

اسلم میاں کے کمرے میں خوشبو کے تیز جھونکے فرح کی موجودگی کا احساس دلاتے ہیں اور وہ پھولوں کی ٹوکری ہاتھ میں لئے لڑکھڑاتے قدموں سے قبرستان کا رخ کرتے ہیں۔

اس کی قبر پر پھول چڑھانا اور چند آنسو چھلکانا ان کا معمول بن گیا۔ شاید وفا کا یہی تقاضا ہے۔ شاید گناہ کا کفارہ ایسے ہی ادا کیا جاتا ہے۔

منتخب افسانوں کا ایک اور مجموعہ

# دھرتی کا دکھ

مصنفہ : فریدہ زین

بین الاقوامی ایڈیشن جلد منظر عام پر آرہا ہے